KB105647

생각보다
인생은 짧다

KIMIGA OMOUYORI JINSEIHA MIJIKAI by Takuya Senda

Copyright ⓒ Takuya Senda, 2023

All rights reserved.

Original Japanese edition published by ASA Publishing Co., Ltd.

Korean translation copyright ⓒ 2023 by itBOOK Publishing Co.

This Korean edition published by arrangement with ASA Publishing Co., Ltd., Tokyo, through BC Agency

이 책의 한국어판 저작권은 BC 에이전시를 통해 저작권자와 독점계약을 맺은 도서출판 잇북에 있습니다.

저작권 법에 의해 한국 내에서 보호를 받는 저작물이므로 무단전재와 복제를 금합니다.

생각보다 인생은 짧다

센다 다쿠야 | 김대환 옮김

잇북
it BOOK

✦

"그땐 정말 좋았었지……." 하고 후회하지 않기 위해

"앗!"

그가 나지막히 소리쳤다.

"1000번째."

난 무슨 말인지 도통 알 수 없었다.

"네가 작가가 되겠다고 말한 게 이번으로 1000번째야."

그의 수첩에는 바를 '정正' 자가 빼곡히 쓰여 있었다.

아름다운 글자였다.

"1000번이나 같은 꿈을 계속 말하면 반드시 이루어진대."

왠지 모르게 기분이 무척 좋았다.

그는 말을 이었다.

"부탁이 있어."

난 뭔지 묻지도 않고 수락했다.

"네가 앞으로 출간하는 모든 책에 우리 두 사람만 알 수 있는 비밀 메시지를 숨겨놔줘."

비밀 메시지는 어처구니가 없을 정도로 간단했다.

그의 마지막 말이었다.

그로부터 4반세기가 흐르는 동안 줄곧 그와 함께 글을 써왔다.

덕분에 그가 말한 대로 책도 낼 수 있었다.

우여곡절은 있었지만, 줄곧 그와 함께 글을 써왔다.

모든 책에 그의 숨결을 담아왔다.

니체의 《짜라투스트라는 이렇게 말했다》는 의학부 학생인 그의 애독서였다.

그에게 받은 것을 지금도 소중히 간직하고 있다.

'초인'이라면 어렸을 때 읽은 〈근육맨〉(1979년 일본의 만화 잡지 《소년 점프》에 연재된 초인 프로레슬링 만화)에도 많이 등장했으니까 잘 알고 있지, 하고 자신만만하게 장담한 것이 총명한 그와 처음 나눈 대화였다.

그에게 받은 《짜라투스트라는 이렇게 말했다》의 마지막 부분에 나오는 '위대한 정오'라는 말에는 오렌지색 색연필로 겹겹이 원을 그려놨다.

인생은 짧다.

터무니없이 짧다.

138억 년이라는 우주의 역사 속에서 인간의 일생은 찰나다.

아무리 위대한 사람도 아무리 큰 부자도 영고쇠락을 되풀이하면서 생멸한다.

'암'이나 '3개월 시한부' 선고를 받고 나서 그제야 죽음과 마주하는 것이 아니라 지금부터 자신의 죽음이 머지않아 반드시 찾아올 현실이라 생각하며 사는 것이다.

죽음을 남의 일이 아니라 자신의 일로 받아들이고 사는 것이다.

우리에겐 애초에 내일 눈을 뜬다는 보장 따윈 없다.

그건 당신도 나도 그도 마찬가지다.

당신이 할 수 있는 것은 하나밖에 없다.

"그땐 정말 좋았었지……." 하고 후회하지 않기 위해 지금 이 순간을 제대로 잘 사는 것이다.

제대로 잘 살아내는 것이다.

그러면 니체가 말한 '위대한 정오'를 맛볼 수 있을 것이다.

'위대한 정오'는 머리로 생각하고 이해하는 것이 아니다.

그것은 그저 체감하는 것이다.

지금 이 순간을 살아가며 당신의 온몸의 세포로 직접 맛보는 것이 '위대한 정오'다.

이 책을 계기로 이 세상의 모든 고정관념을 떨쳐버리고 자신의 직감을 믿고 지금 이 순간을 만끽하자.

인간은 단언컨대 그러기 위해 태어났으니까.

2023년 어느 좋은 날

미나미아오야마의 서재에서

센다 다쿠야

Part 1

1년 후, 인생이 끝난다면

01

◆

지금부터 '1년 시한부'라고 선고받았다고 생각하고 산다

20세기에 활동한 독일의 철학자 하이데거는 말했다.

"인간은 자신의 죽음을 받아들이고 나서야 비로소 인간이 된다."

옳은 말이다.

죽음을 받아들이지 않는 인간은 인생이 영원히 지속된다고 생각하기 때문에 평생 무리 지어 살면서 푸념과 험담, 뒷담화로 일상을 메우며 자신의 수명을 시궁창에 내다 버리기를 되풀이한다.

무슨 일이라도 일어나면 즉각 구경꾼으로 돌변해서 비겁하게 무리를 짓는다.

인터넷상의 SNS가 바로 '현대판 폐쇄집단'이다.

당신 주위에도 그런 무리가 많을 것이다.

그럼, 당신 자신은 어떤가?

만약 지금 당장 '1년 시한부'라고 선고받는다면, 산송장 같은 그런 추하고 비루한 삶을 살겠는가?

필시 그렇지 않을 것이다.

'1년 시한부'라고 선고받기 전이니까 1년 시한부로 살면 당신의 인생은 그 농도가 훨씬 더 진해질 것이다.

1년 시한부의 삶을 받아들인 사람은 해이한 표정을 짓지 않는다.

지금 이 순간을 온몸의 세포로 감사하면서 살기 때문이다.

자신의 죽음을 받아들이는 것은 슬픈 일이 아니라 너무나도 멋진 일이다.

02

✦

에커만의 《괴테와의 대화》에서 인생훈을 얻다

지금까지 "추천하시는 책은 무엇인가요?"라는 질문을 숱하게 받았다.

적게 잡아도 1000명 이상은 있었지 싶다.

그런 질문을 던진 사람들의 학력이나 교양 수준, 또 성격이나 취향도 제각각이었기 때문에 나는 적당히 그 자리를 어물쩍 넘겨왔다.

이에 대해서는 아무런 반성도 하지 않고 지금도 그러길 잘했다고 생각한다.

사람은 공짜로 안이하게 지혜의 결실을 바라서는 안 되기 때문이다.

내가 진심으로 추천하는 책은《괴테와의 대화》다.

과장이 아니라 이 책은 실로 압권이고, 인생에서 이 책을 읽은 사람과 읽지 않은 사람의 차이는 터무니없이 벌어질 것이 틀림없다.

그중에서도 특히 지금 머릿속에 떠오른 죽음에 관한 글을 여기서 소개해본다.

"나처럼 80세가 넘으면 이 이상 더 오래 살 자격이 거의 없네. 매일, 죽음을 각오해야 해."(1831년 5월 15일 일요일)

어떤가.

내가 이 말을 처음 접한 것은 대학생 때였지만, 그 의미를 잘 모른 채 온몸에 소름이 돋았던 것을 지금도 또렷이 기억하고 있다.

이치가 아니라 직감으로 이 말이 옳다고 생각한 것이다.

그리고 평생에 걸쳐 몇 번이든 숙독하며 음미하겠다고 맹세했다.

03

감사가 부족했던 사람 모두에게 "감사합니다."를 전한다

"저 사람한테는 감사가 부족하지 않았을까……."

"그렇게 신세를 지고도 제대로 된 인사를 하지 못했네……."

누구에게나 이런 상대가 있을 것이다.

기원전 중국의 사상가인 공자는 '인仁'과 '예禮'가 중요하다고 설파했다.

인이란 배려이고, 예란 그 배려를 태도로 확실하게 나타내는 것이다.

어느 하나가 중요하다는 것이 아니라 어느 것이나 중요하다.

둘이 하나인 셈이다.

만약 당신에게 1년의 삶이 남아 있다면 감사가 부족했던 사람 모두를 찾아다니며 "감사합니다."를
전하는 것은 불가능하지 않을 것이다.

그렇다고 조바심을 내며 기를 쓰고 찾아다닐 필요는 없다.

몇 명이나, 기껏해야 10여 명 정도면 충분하다.

이것을 '1년 시한부'로 하면 필설로 다하기 어려울 만큼 행복한 기분에 빠지겠지만, '1년 시한부'가 아닌데도 하면 그것을 계기로 인생이 바뀐다.

그것도 꽤 급속도로 호전되기 시작할 것이다.

나는 '요즘 운이 좀 없어.'라고 느낄 때마다 감사 엽서를 보내곤 했다.

아니, 정확하게는 운이 좋은 상태를 기준으로 삼기 위해 계속 엽서를 보냈지만.

04

사과가 부족했던 사람 모두에게 "미안해요."를 전한다

"저 사람한테는 사과가 부족하지 않았을까……."

"그렇게 실례를 했는데 제대로 된 사과도 전하지 못했네……."

누구에게나 이런 상대가 있을 것이다.

만약 당신에게 1년의 삶이 남아 있다면 사과가 부족했던 사람 모두를 찾아다니며 "미안해요."를 전하는 것은 불가능하지 않을 것이다.

그렇다고 조바심을 내며 기를 쓰고 찾아다닐 필요는 없다.

몇 명이나, 기껏해야 10여 명 정도면 충분하다.

이것을 '1년 시한부'로 하면 필설로 다하기 어려울 만큼 상쾌한 기분에 빠지겠지만, '1년 시한부'가 아닌데도 하면 그것을 계기로 인생이 바뀐다.

그것도 꽤 급속도로 호전되기 시작할 것이다.

물론 감상적이 되어서 사과할 가치가 없는 상대에게 사과할 필요는 없다.
사과할 가치가 없는 상대라는 것은 이 세상에 분명히 존재하니까.
영화 <사이드카의 개>에서 여주인공 다케우치 유코가 이런 말을 했다.

"용서할 마음이 없는 사람에게 사과해봐야 소용없어."

이건 선악을 초월해서 옳다.
옳다는 표현은 정확하지 않으려나.
자연의 섭리에 따른다고 표현해야 할까.

05

도저히 용서할 수 없는 사람 '베스트 세 명'을 뽑아
완전 범죄의 복수를 계획한다

지금부터 아주 무서운 이야기를 하려고 하니 마음의 준비를 단단히 하고 읽기를 바란다.

나는 완전 범죄 사건을 좋아한다.

여기서 말하는 '좋아한다'는 것은 흥미롭다는 의미로, "민트초코 아이스크림을 좋아한다."의 '좋아한다'와는 다르다.

완전 범죄의 가해자와 피해자의 대립이라든가 증오심에 흥미가 있는 것이 아니라 수학적으로, 논리적으로, 구조적으로 '어떻게 완수했는지'에 마음이 움직인다.

완전 범죄를 다룬 소설이나 논픽션에 고정 팬이 있는 것을 보면 역시 완전 범죄에는 다수의 마음속 깊이 공명하는 '무언가'가 있을 것이다.

당신에게는 도저히 용서할 수 없는 사람이 몇 명 있을 것이다.

나에게도 있다.

그런 경우엔 어떻게 하면 될까?

우선 도저히 용서하지 못하는 자신을 인정하는 것이다.

다음으로 '1년 시한부' 선고를 받았다는 생각으로 '베스트 세 명'을 뽑아 그들에게 완전 범죄의 복수를 계획하자.

계획만 하고 끝나도 개운하고, 계획대로 실현할 수 있다면 그것은 그것대로 멋지다.

완전 범죄라는 것은 인간의 상식이나 선악의 개념을 뛰어넘어 신에 가까운 증표라고 생각한다.

인생을 살다 보면 경찰이나 재판관에게는 말할 수 없는 일들이 얼마든지 있기 때문이니까.

06

———

✦

좀 더 알고 싶었던 것을 공부한다

1년이라는 시간이 있으면 꽤 많은 공부를 할 수 있다.

실제로 큰 병에 걸린 나와 동 세대의 한 젊은이가 자신의 대학 입시 합격을 확인하고 나서 죽었다는 실화도 있을 정도다(분명 드라마화된 것으로 안다).

필시 인터넷상에는 지금도 이런 사람이 많지 않을까?

당시의 나는 '어차피 죽을 텐데 공부는 해서 뭐해?'라고 의아하게 생각했지만, 어차피 죽으니까 공부하는 것이다.

이건 독일의 철학자 니체가 제창한 '힘에의 의지'와 맥을 같이한다.

인간에겐 '지금보다도 강해지고 싶다!' '좀 더 현명해지고 싶다!'는 본능이 있고, 끓어오르는 그 본능에 따라서 살기 때문에 좀 더 인간답게 살 수 있다는 것이다.

그것이 니체의 초인사상과도 깊은 관계가 있다.

그렇게 생각하면 어렸을 때 내가 착각했던 〈근육맨〉의 초인들과도 반드시 관계가 없지는 않다.

인간이 천성적으로 갖고 있는 자연스러운 욕구인 '힘에의 의지'는 공부나 근육 트레이닝에 한정된 이야기가 아니라 게임이든 우스갯소리든 음악이든 대상은 무엇이든 된다.

중요한 것은 당신의 생명력이 마음속에서 흘러넘치는 곳에서 승부하는 것이다.

딱히 아무것도 생각나지 않으면 좀 더 알고 싶었던 것을 공부하자.

그것은 합격을 위해서가 아니라 당신의 목숨을 아낌없이 다 태워버리기 위해서다.

07

폭음과 폭식을 하지 않는다

'암'이나 '1년 시한부'라고 선고받으면 자포자기하는 사람도 있다.

야박하게 들리겠지만 그것은 미리 각오를 해두지 않은 탓이다.

나는 대학 시절에 죽음을 받아들일 수밖에 없는 경험을 했는데 그것이 지금의 생활방식에 영향을 미쳤다.

나이와 상관없이 '사람은 반드시 죽는다.'는 이 당연한 사실을 머리로만 알 뿐 마음으로는 받아들이지 못하는 사람은 막상 죽음을 앞에 두면 마음이 심란해지고 만다.

이럴 때는 허심탄회하게 생각해야 한다.

암에 걸리지 않아도 사람은 언젠가 반드시 죽는다.

다른 병에 걸릴 수도 있고, 불의의 사고를 당할지도 모르고, 노환일 수도 있지만, 죽는다는 점에서는 모두 같다.

자포자기해서 폭음과 폭식을 하는 것은 건강에 해로워서 안 된다는 것이 아니라 살아 있는 척하며 실은 이미 죽은 것이기 때문에 안 된다는 것이다.

'남은 수명이 1년'이라면 정말로 많은 일을 할 수 있다.

마음만 있다면 사랑도 할 수 있고, 난치병을 극복할 기회를 만날 수 있을지도 모른다.

그러나 폭음과 폭식을 하는 사람은 아무도 가까이하고 싶어 하지 않는 것 역시 자연의 섭리다.

오로지 건강하고 건전하게 살려는 사람만을 응원해주고 싶어지는 것이 사람의 마음이니까.

08

매일 꼬박꼬박 숙면한다

'1년 시한부'이기 때문에 더욱더 건강하게 사는 것이 중요하다.

건강의 원천은 매일의 수면이다.

좀 더 정확하게 말하면 매일 꼬박꼬박 숙면하는 것이다.

숙면은 정신을 풍요롭게 해주고 면역력을 극한까지 높여준다.

기적을 일으키고 싶으면 매일 숙면하는 것만큼 좋은 것은 없을 것이다.

당신 자신이 숙면을 취하지 못하면 아무리 명의의 치료를 받는다 해도 허사일 뿐이다.

왜 큰 병에 걸리거나 심한 부상을 당하면 병원에 입원하라고 권유하느냐 하면 환자를 강제로 숙면에 취하게 하기 위해서다.

그 외의 이유는 모두 사소한 것뿐이다.

당신 주위에서도 30대나 40대가 되면 돌연사하는 사람이 점점 많아질 것이다.

그 사람들이 돌연사한 원인 중 진짜 원인이 바로 '수면 부족'이다.

수면 부족은 신체뿐만 아니라 정신을 지속적으로 파괴하고 면역력을 저하시킨다.

만약 당신의 인생이 악순환에 빠져 있어서 거기서 탈출하고 싶다면 이러쿵저러쿵 말하지 말고 숙면하면 된다.

전학이나 전직이나 장기 휴가를 확보해서라도 숙면을 우선시하자.

이건 비밀인데 나는 회사에 다닐 때 종종 땡땡이를 부리며 은신처에서 숙면을 취하곤 했다.

만약 지금 그 무렵의 나를 만난다면 "잘했어!"라고 칭찬해주고 싶다.

09

가능한 한 아름다운 몸을 목표로 삼는다

나는 당신에게 할리우드 스타나 모델처럼 되라고 말하는 것이 아니다.

그런 것은 그런 사명을 받은 프로들에게 맡겨두면 된다.

당신은 당신으로서 하늘로부터 받은 육체를 그에 상응하게 아름답게 유지하는 노력을 습관화하지 않으면 그것은 신과 자기 자신에 대한 모독이라고 말하고 싶은 것이다.

이미 국내외 전문가들이 과학적 근거를 토대로 공개했듯이 인간의 근질량과 잔여 수명은 비례한다는 것이 밝혀졌다.

근질량뿐만 아니라 단백질 섭취량이 많은 암환자는 그렇지 않은 환자보다 오래 산다는 것도 판명되었다.

암 이외의 질환도 마찬가지다.

안토니오 이노키(일본의 프로레슬러, 2022년 10월 1일 사망)가 마지막에 그렇게까지 대단한 생명력을 우리에게 보여준 것은 그에게 근질량이 있었기 때문이다.

　당신도 '1년 시한부' 선고를 받았다면 가능한 한 아름다운 몸을 목표로 삼자.

　격렬한 운동을 하지 않아도 된다.

　가벼운 근육 트레이닝이나 스트레칭, 걷기 등 자신의 신체 능력에 맞는 운동을 하며 단백질을 풍부하게 함유한 균형 잡힌 식사를 하면 된다.

　설령 그렇게 해서 기적이 일어나지 않더라도 아름다운 몸을 자연으로 돌려주는 것은 자연에 대한 예의일 것이다.

　아름답다는 것은 자연의 섭리에 따른다는 것이다.

10

───

✦

우아하게 장편소설을 쓴다

만약 '1년 시한부' 선고를 받았다면 소설을 써보면 어떨까?

문학상 수상을 목표로 하거나 인세를 왕창 버는 것이 목적이 아니다.

당신이 원한다면 그런 것을 진심으로 목표로 삼아도 된다고 생각하지만 내가 여기에서 제안한 것은 얽매이는 것 없이 보다 자유롭게 이야기를 쓰면 되지 않을까, 라는 것이다.

지금까지의 인생을 돌이켜보면 사랑을 하거나 실연을 당하거나, 성공하거나 실패하거나, 황홀해질 정도의 쾌감을 맛보거나 고되고 힘들었던 기억이 되살아날 것이다.

"인간은 누구나 최소한 소설 한 권은 쓸 만큼의 이야깃거리를 갖고 있다."는 말은 출판업계에서도 종종 하는 말이다.

나도 그렇게 믿고 있다.

말이 그렇지 무엇을 어떻게 쓰면 되는지 모르겠다고 따지고 드는 사람을 위해 소설을 쓰는 방법이라는 장르에서는 금세기 최고의 명저가 등장했다.

《프로만 알고 있는 소설 쓰는 법》(모리사와 아키오 저)이다.

구체적인 예가 풍부하게 실려 있고, 더할 나위 없을 정도로 이해하기 쉽고, '비장의 레시피'를 아낌없이 공개해 놓았다.

참고로 나는 이 책의 저자와 일면식도 없을뿐더러 1밀리미터의 연줄도 없다.

순수하게 권하고 싶었기 때문에 권했을 뿐이다.

‘1년 시한부’라고 선고받았다고 해서
위축되지 않도록
지금부터 ‘1년 시한부’로 산다.

Part 2

1개월 후, 인생이 끝난다면

11

24시간×30일=720시간이라고 생각하면 의외로 길다

'1개월 시한부'라고 선고받았다면 당신은 어떤 생각이 들까?

절망하는 사람이 많을 것이다.

그러나 절망해봤자 1개월 시한부라는 현실이 바뀌는 것도 아니다.

절망하면 절망할수록 남은 수명이 늘어난다면 더 깊이, 더 자주 절망해도 되지만 오히려 그 반대로 남은 수명이 줄어든다고 한다.

그런데 1개월을 시간으로 환산하면 몇 시간일까?

24시간×30일로 계산하면 720시간이다.

1시간도 꽤 긴데 그것이 720번이나 남아 있다는 것은 행복한 일이다.

냉정하게 생각하면 누구나 수십 년을 사는 동안 언젠가는 반드시 남은 수명이 1개월인 순간을 경험한다.

그때가 20대나 30대일 수도 있고, 40대나 50대일 수도 있고, 또 80대나 90대일 수도 있을 뿐이다.

설령 당신이 90대가 되어 주위에 자신의 친구가 아무도 없는 상태에서 '1개월 시한부'라고 선고받았다고 하자.

'친구들은 수십 년이나 먼저 나와 같은 경험을 했을 텐데……'라는 적막감에 빠질지도 모른다.

결국 오래 산다는 것은 죽음이 미뤄진 것에 불과하다.

남은 수명이 1개월이라면 앞으로 1시간을 720회나 맛볼 수 있는 기적이라고 감사하는 건 어떨까?

12

✦

정돈하지 말고 정리한다

정리정돈이라는 말이 있다.

정리와 정돈은 뭐가 어떻게 다를까?

정리란 버리는 것이다.

정돈이란 가지런히 늘어놓는 것이다.

1개월 시한부라면 정돈할 필요가 없다.

왜냐하면 정돈이란 걸 할 필요가 없을 정도로 철저하게 정리하면 되기 때문이다.

정말로 필요한 것 외에는 가차 없이 버리자.

버리는 것을 즐기면 된다.

불륜 상대의 연락처는 남아 있지 않은가?

인터넷 쇼핑몰의 계정을 삭제하지 않으면 다른 사람이 내 구입 이력을 볼지도 모른다.

독신 여성이 죽은 방에서 복수의 성인용품이 나왔다는 이야기는 유명하다.

이러한 것들은 정리하지 않으면 모두 후회하는 것들이니 꼭 체크 항목에 추가해두자.

내 서재에는 물건이 적다.

그것은 평소 '남은 수명 1개월'을 의식하고 정리하고 있기 때문이다.

철저하게 정리해버리면 정돈은 불필요해진다.

정돈하지 않으면 안 되는 것은 아직 정리하기가 쉽다.

꽃은 한 송이만 꽂혀 있는 것이 가장 아름답다.

13

✦

고독의 시간을 확보한다

'1개월 시한부' 선고를 받으면 이때다 하고 사람들을 만나려고 하는 사람이 있다.

그건 추하다.

왜냐하면 자신이 친구라고 믿던 사람에겐 그 사람의 인생이 있기 때문이다.

한 번쯤이면 괜찮아도 몇 번을 계속해서 만나고 싶어 하면 '작작 좀 해라.'라고 상대가 귀찮아하게 되어 말년이 추해질 수밖에 없다.

당신은 충격을 받을지도 모르지만, 인간은 어차피 고독한 존재다.

이 사실은 아무리 강조해도 부족하지 않을 정도다.

남은 수명이 1개월이기 때문에 더욱더 고독의 시간을 확보해야 한다.

'자신은 혼자 죽는 것이다.'라고 사실을 받아들이는 것이다.

인제 와서 주변 사람들의 아쉬움 속에서 죽겠다는 식의 비루한 생각을 해서는 안 된다.

자신의 죽음을 진심으로 아쉬워하는 사람은 없다.

소위 능력자의 부고를 들으면 라이벌들은 내심 반색한다.

만약 도요타 자동차가 도산한다는 소식이 전해진다면 경쟁 회사가 크게 기뻐하는 것과 마찬가지다.

'가진 자'가 죽으면 '갖지 못한 자'가 기뻐하는 것은 인터넷상에서도 얼마든지 확인할 수 있다.

동서고금을 불문하고 '가진 자'는 가해자, '갖지 못한 자'는 피해자다.

양자가 섞일 일은 영원히 없다.

14

자신이 마지막을 맞이하고 싶은 장소에서 보낸다

병원에서는 왜 연명치료를 권할까?

그것은 당신의 목숨이 고귀하기 때문이 아니다.

그럴 리가 없을 것이다.

병원의 입장에서 보면 대부분의 환자는 생판 남이다.

생판 남의 하찮은 목숨을 필사적으로 연명하려고 하는 것은 그 편이 돈을 벌 수 있기 때문이다.

그 외의 이유는 모두 사소한 것이다.

이러한 속내를 티끌만큼도 내보이지 않고, 유족에게 얼마나 들키지 않고, 폭리를 취할 수 있느냐가 현대 의료의 세계다.

여기에 논쟁의 여지는 없다.

의사는 환자의 암을 발견하는 순간 머릿속에서 바로 다음 주판알을 튕긴다.

이 환자에게 항암제 치료를 몇 번 해야 얼마를 벌 수 있을까?

이 환자를 연명시키면 다 합해서 얼마나 벌까?

비즈니스로서는 당연한 일이다.

암에 걸린 것도 모자라서 온몸에 튜브를 주렁주렁 매단 채 마지막을 맞고 싶은지, 아니면 집에 누워서 자다가 죽을지는 당신이 정하면 된다.

남은 수명이 1개월이면 자신이 마지막을 맞고 싶은 장소에서 보내자.

마지막만큼은 누군가의 돈줄로 살지 말아야 하지 않을까?

15

식욕이 없으면 억지로 먹지 않는다

식욕이 없다는 것은 먹지 말라는 뜻이다.

신체는 언제나 최상의 정보를 뇌로 보낸다.

식욕이 있으면 먹으면 되고, 식욕이 없으면 먹지 않아도 된다.

간단하지만 그뿐이다.

종종 감기 기운으로 식욕이 없는데 '기력을 보충해야 해.'라며 억지로 먹으려고 하는 사람도 있는데, 그것은 잘못된 생각이다.

신체는 당신에게 식욕을 잃게 하여 소화기에서 에너지가 소모되는 것을 막고, 감기 바이러스를 격퇴하는 데 집중하도록 하는 것이다.

남은 수명이 1개월이라면 더욱더 그렇다.

신체는 쓸데없이 에너지가 소모되지 않도록 최적의 판단을 내리고 식욕을 억제하는 것이므로 쓸데없는 짓을 하지 않는 게 좋다.

어떤 전문가의 의견보다도 신체라는 자연의 섭리를 믿도록 하자.

억지로 먹든 먹지 않든 결국은 죽는다.

인제 와서 참을 의미가 없다.

만약 내가 1개월 시한부 선고를 받고 그 시점에서 식욕이 없으면 단식할 수 있는 절호의 기회라고 생각할 것이다.

애초에 식욕이 없으니 그것은 분명 마음 편한 단식이 될 것이다.

16

―

✦

움직이고 싶으면 움직이고, 움직이고 싶지 않으면 움직이지 않는다

남은 수명이 1개월이라면 운동을 해야 한다는 압박은 웬만해선 없을 것이다.

움직이고 싶으면 움직이고, 움직이고 싶지 않으면 움직이지 않는다는 것이 정답이다.

억지로 운동해서 연명을 꾀하기보다, 몸의 목소리에 허심탄회하게 귀를 기울이고 그것에 따르는 게 낫다.

나는 매일 근육 트레이닝과 스트레칭을 일과로 하고 있는데 1년에 5일 정도는 쉰다.

계획적으로 쉬는 것이 아니라 그냥 '오늘은 아무래도 하고 싶지 않아.'라고 느꼈다면, 몸의 기분을 우선하기로 한 것이다.

열이 난다거나 그런 것도 아닌데 이상하게 마음이 내키지 않는 날은 운동하지 않는다.

그것이 자연의 섭리를 따르는 것이고, 휴식을 취함으로써 다음 날부터 다시 하고 싶어지기 때문이다.

이것은 학창시절이나 회사원이었을 때도 마찬가지였다.

땡땡이라는 것은 나에겐 빼놓을 수 없는 귀중한 존재이고, 땡땡이를 부리고 난 다음 날부터는 의욕이 생긴다.

땡땡이를 부리는 것으로부터 도망쳐서는 안 된다.

땡땡이는 멋진 도전이다.

정녕, 심신의 회복 작업을 해주는 것이라고 생각한다.

17

졸리면 자고, 졸리지 않으면 자지 않는다

숙면이 중요하다는 것은 누누이 말해왔지만, 그래도 남은 수명이 1개월이라면 이야기는 다르다.

이 역시 졸리면 자고, 졸리지 않으면 자지 않으면 된다.

낮잠을 자고 싶으면 주저하지 말고 낮잠을 자면 될 것이다.

나는 고등학생 때부터 회사원일 때까지 낮잠을 너무나도 좋아해서 틈만 나면 낮잠을 잤다.

그런데 독립 후에는 낮잠을 전혀 자지 않게 되었다.

그 이유를 생각해봤더니 졸리면 자고, 더는 잘 수 없는 상태에서 깨기 때문에 낮잠이나 가수면 같은 것이 일체 필요 없어졌던 것이다.

그렇다고는 해도 남은 수명이 1개월이라면 생각처럼 바람직하게 숙면할 수 없게 될 가능성이 높다.

그 경우에는 낮잠이나 가수면을 생각하지 않을 수 없게 될 것이다.

도대체 수면 상태에서 무언가를 하는 것에 무슨 의미가 있을까?

아무 의미가 없을 것이다.

따분하기 그지없는 대학 시절의 강의는 숙면하기 위해서는 최적의 환경이었다고 할 수 있다.

반대로 졸리지도 않은데 억지로 누워봐야 모처럼 갖게 된 행복한 순간을 맛볼 수 없다.

행복한 순간을 맛보기 위해서도, 졸리지도 않은데 억지로 누워서는 안 될 것이다.

죽음이란 어두컴컴한 데 누워서 영원히 잘 수 있는 것인지도 모른다.

18

자신의 신체에 경의를 표한다

남은 수명이 1개월이 되면 신체 변화도 심해지는 경우가 많다.

그때 당신만은 당신의 신체를 방치해서는 안 된다.

설령 의료종사자나 가족, 친척에게 눈총을 받는다고 해도 말이다.

아무리 상태가 나빠도 당신의 신체는 당신의 존재 그 자체다.

당신이 당신의 신체를 사랑하지 않는데 도대체 누가 사랑해주겠는가.

아무도 사랑해주지 않을 것이다.

친구야 한 명도 없어도 되지만, 당신만은 당신의 친구가 되어주자.

그리고 그 첫걸음이 당신의 신체를 애지중지하는 것이다.

지금까지 당신을 살게 해준 것은 틀림없이 당신의 신체이니까.

예를 들어 어떤 병에 걸려도 고액의 민간요법으로 도망치지 않는 것이다.

의사국가시험을 통과한 의사 외에 당신의 소중한 신체를 만지게 해서는 안 된다.

최종적으로는 의사에게도 결단을 위임해서는 안 된다.

당신의 신체는 당신이 가장 많이 존중해주어야 한다.

그 후에 의료의 도움을 받을지, 의료의 도움을 포기하고 자연치유에 맡길지를 결정하자.

설령 의료의 도움을 받는다 해도 결국엔 자연치유에 맡기겠지만.

자연치유력을 극한까지 높이기 위해서는 자신의 신체에 경의를 표하면 된다.

19

✦

고통에서 도망치기 위한 의료는 모두 최대한 이용한다

남은 수명이 1개월이 되면 몸 여기저기가 고장 난다.

이만 죽고 싶다고 생각할지도 모른다.

하지만 이만 죽고 싶다고 생각하지 않아도 어차피 죽는다.

어차피 죽는다면 고통에서 도망치는 방법을 전부 시도해봐도 된다.

고통에서 도망치기 위한 의료는 모두 최대한 이용한다는 각오로 사는 것이다.

예를 들어 실제로 의사 중에는 '자신은 항암제 치료만은 하지 않는다.'는 사람이 적지 않다.

환자에게는 항암제 치료를 수없이 해왔으면서 자신은 하고 싶어 하지 않는 것이다.

그런 사람들과 여러 명 대화를 해보았는데, 기본적으로는 암을 방치한 채 생활에 지장을 줄 만큼 종양이 커지면 그 부분만 제거했다.

그리고 몇 년이나, 때로는 10년 이상이나 살고 나서 마지막에는 모르핀으로 죽는다는 패턴이 많았다.

　대놓고 큰 소리로 말하기는 뭣하지만, 특히 명문대 출신에 그런 의사가 많았다.

　옛날부터 의사의 자식은 감기에 걸려도 감기약을 먹지 않는 것이 신경 쓰였는데, 나는 암과 맞서 싸우는 방법도 의사의 말이 아니라 행동과 습관에서 배웠다.

　의학의 아버지인 히포크라테스는 다음의 두 가지 교훈을 제자인 의사들에게 남겼다.

　환자의 신체에 함부로 상처를 입히지 마라!
　자연치유력을 존중하라!

20

우아하게 단편소설을 쓴다

앞에서 장편소설을 쓸 것을 권했지만, 1개월의 시간만 있다면 단편소설을 쓸 수 있다.

물론 당신의 자서전인 사소설이면 된다(쓰고 싶으면 대중소설도 좋다).

과거에 겪었던 일을 써도 될 것이다.

지금의 생각을 풀어놓는 것도 좋을 것이다.

앞으로의 세상을 이야기하는 것도 좋을 것이다.

좋아하는 것을 쓰면 된다.

그리고 다 쓰면 당신의 작품을 인터넷상의 SNS 등에서 공개하는 것이다.

하고 싶지 않으면 하지 않아도 되지만 공개하면 어디서 누구를 감동시킬지 모른다.

실제로 나는 그런 글이나 동영상을 보고 감동을 받은 적이 한두 번이 아니다.

설령 그것으로 끝난다 해도 나와 마찬가지로 감동을 받은 사람이 많으니까 이미 그것만으로도 그 사람은 대 왕생했다고 할 수 있지 않을까?

어쩌면 수십 년 후나 수백 년 후에 세계적으로 인정받고, 역사에 이름을 남기지 말라는 법도 없다. 어떤가.

남은 수명이 1개월이니까 더욱더 진심으로 인생을 즐기고 싶다는 마음이 들지 않는가?

마지막 그 순간까지 소설을 쓴다니, 정말 낭만적인 인생이지 않은가?

1개월 시한부도 그렇게 나쁘지만은 않다.

마지막까지 실패투성이인 인생도 괜찮다.
성인용품 정리만 까먹지 않으면.

Part 3

✦

1주일 후, 인생이 끝난다면

21

✦

24시간×7일=168시간이라고 생각하면 의외로 길다

'1주일 시한부'라는 것은 168시간 시한부라는 말이다.

'싫지만 참고 1시간 동안 공부해야 해……'라고 생각할 때의 1시간은 정말 길다.

사랑하는 사람과 대화를 나눌 때의 1시간은 정말 짧다.

아인슈타인이 상대성이론으로 가르쳐준 것처럼 시간은 상대적인 것이고 1시간은 왜곡된 것이다.

그 1시간을 어떻게 168번 되풀이하느냐는 당신 하기 나름이다.

나라면 절반은 수면과 몸을 청결하게 유지하는 시간으로 쓸 것이다.

그것이 나의 정신을 최적의 상태로 유지하기 위한 투자라고 생각하기 때문이다.

수면과 몸을 청결하게 유지하는 시간은 결코 필요 경비가 아니다.

나머지 절반인 84시간 동안은 생각을 짜내며 창작활동을 할 것이다.

창작활동에 지치면 생각을 짜낸다.

생각을 짜내다 지치면 창작한다.

이것만을 반복하며 마지막을 맞이하고 싶다.

지금 불현듯 생각났지만 내 사명은 확실히 이 창작이었다.

일로서가 아니라 순수하게 나의 사명이었다.

그래서 무슨 일이 있어도 자연의 섭리에 몸을 맡기고 있었더니 창작으로 이끌어졌던 것이리라.

'남은 수명이 1주일'만 있어도 작은 작품을 남길 수 있다.

22

마지막에 온 마음을 담은 편지를 쓰는 것도 멋지다

1주일만 있으면 소중한 사람들에게 다 편지를 쓸 수 있다.

따로 우표를 붙이지 않아도 된다.

경우에 따라서는 당사자가 받지 않아도 된다.

어쨌든 지난날을 되돌아보고 전하고 싶었던 말을 쓰는 것이다.

그렇게 함으로써 그 사람을 좀 더 깊이 사랑하게 된다.

감사할 수 있게도 된다.

얼굴을 마주 보면서는 할 수 없었던 말을 글로 하면 전하기 쉽다.

글은 멋지다.

단, 주의할 것이 한 가지 있다.

싫은 사람에게 원망이 담긴 글은 쓰지 않는 것이다.

당신의 마지막 귀중한 시간을 싫은 사람을 떠올리며 상처를 받아서는 안 된다.

나쓰메 소세키의 《마음》에서 자살한 K는 유서에 선생에 대한 원망을 일체 쓰지 않았지만, 맨 먼저 그것부터 확인한 선생은 너무나 작아 보였다.

그 찰나, 선생은 추하고, K는 아름다웠다.

당신이 '1주일 시한부' 선고를 받았다면 꼭 읽었으면 하는 소설이 있다. 미우라 데쓰오의 《메리 고 라운드》이다.

현시점에서 종이책은 절판되었으니 미리 읽을 수 있도록 지금부터 준비해두길 바란다.

23

✦

주위에서 먼저 떠난 사람들을 생각한다

'1주일 시한부'가 되면 정말로 조급해진다.

당신뿐만 아니라 모든 인류가 1주일 시한부가 되면 조급해진다.

단지 그것을 노골적으로 태도로 드러내느냐 드러내지 않느냐의 차이일 뿐이다.

도저히 참을 수 없게 되면 이렇게 하면 어떨까?

주위에서 먼저 떠난 사람들을 생각하는 것이다.

먼저 떠난 그들도 지금의 자신과 같은 경험을 했다.

이것은 틀림없는 사실이다.

'그때, 좀 더 다정하게 대했으면 좋았을 텐데…….'

'그때, 실은 좋아했어…….'

다양한 생각이 당신의 머릿속을 뛰어다닐 것이다.

그러나 지금은 아무것도 할 수 없다.

그 또한 인생의 묘미다.

그 사람은 그때, 이 고독과 마주했다.

당신도 이 고독으로부터 도망칠 수 없다.

모든 사람에게 주어진 죽음으로부터 도망칠 수 없다.

어떤 겁쟁이도 마지막에 죽음이라는 번지점프를 경험할 수밖에 없다.

그래서 인생은 멋지다.

24

마음껏 화를 내본다

1주일 시한부가 되었다면 아직 체력이 남아 있는 동안 화를 내보자.

그것도 마음껏 화를 내보자.

누군가에게 화를 다 쏟아내라는 말이 아니다.

아무도 들리지 않게 밀실에서 소리치거나, 마음속으로 소리치면 된다.

화는 건강에 해롭다고 하지만, 죽음을 1주일 앞둔 이 시점에 그런 건 신경 쓰지 않아도 된다.

그보다도 과감히 화를 폭발시킴으로써 자신이 살아 있다는 실감을 맛보는 것이 중요하다.

'내가 아직도 이렇게 화를 낼 수 있구나.'라고 체감하면 새삼 살아 있음을 느낄 수 있다.

지금까지 화를 계속 참아왔던 사람도 이때만은 망설이지 않아도 된다.

인간답게 길길이 날뛰며 화를 내자.

화를 내고, 화를 내고, 마음껏 화를 내자.

여태 화를 참아온 사람은 마음껏 화를 내고 나면 이런 감정에 휩싸일 것이다.

사람은 화를 다 쏟아내고 나면 슬퍼진다.

사람은 화를 다 쏟아내고 나면 애달파진다.

그것이 산다는 것이다.

화는 하늘이 사람의 본능에 부여한 것이다. 그러므로 화를 내는 것은 자연의 섭리를 지극히 잘 따르고 있다는 말이다.

마음껏 화를 낸 적이 없는 인생은 산 것이 아니다.

25

마음껏 울어본다

1주일 시한부가 되었다면 아직 체력이 남아 있는 동안 울어보자.

그것도 마음껏 펑펑 울어보자.

누군가에게 눈물을 보여주라는 말이 아니다.

아무도 보지 못하게 밀실에서 소리 높여 울거나, 마음속으로 소리 높여 울면 된다.

꼴사나울지도 모르지만 죽음을 1주일 앞둔 이 시점에 그런 건 신경 쓰지 않아도 된다.

그보다도 눈물을 다 쏟아냄으로써 자신이 살아 있는 실감을 맛보는 것이 중요하다.

'내가 아직 이렇게 눈물을 흘릴 수 있구나.'라고 체감하면 새삼 살아 있음을 느낄 수 있다.

지금까지 내내 눈물을 참아온 사람도 이때만은 망설이지 않아도 된다.

인간답게 실컷 엉엉 울어버리자.

울고, 울고, 마음껏 울자.

여태 눈물을 참아온 사람은 마음껏 울고 나면 이런 감정에 휩싸일 것이다.

사람은 눈물을 다 쏟아내고 나면 상쾌해진다.

사람은 눈물을 다 쏟아내고 나면 활기에 찬다.

그것이 산다는 것이다.

눈물은 하늘이 인간의 본능에 부여한 것이다. 그러므로 눈물을 흘린다는 행위는 자연의 섭리를 지극히 잘 따르고 있다는 말이다.

마음껏 운 적이 없는 인생은 산 것이 아니다.

26

마음껏 웃어본다

1주일 시한부가 되었다면 아직 체력이 남아 있는 동안 웃어보자.

그것도 눈물이 쏙 빠지도록 실컷 웃어보자.

누군가에게 웃는 모습을 보여주라는 말이 아니다.

아무도 보지 못하게 밀실에서 폭소를 터뜨리거나, 마음속으로 껄껄껄 웃으면 된다.

웃음은 건강에 이롭다고 하는데 죽음을 1주일 앞둔 이 시점에 건강을 위해 웃어봐야 소용없다.

그보다도 과감히 폭소를 터뜨림으로써 자신이 살아 있는 실감을 맛보는 것이 중요하다.

'내가 아직 이렇게 웃을 수 있구나.'라고 체감하면 새삼 살아 있음을 느낄 수 있다.

지금까지 내내 웃는 것을 참아온 사람도 이때만은 망설이지 않아도 된다.

인간답게 마음껏 폭소를 터뜨리자.

웃고, 웃고, 실컷 웃자.

여태 웃는 것을 참아온 사람은 실컷 웃고 나면 이런 감정에 휩싸일 것이다.

사람은 눈물이 쏙 빠지도록 실컷 웃고 나면 녹초가 된다.

사람은 눈물이 쏙 빠지도록 실컷 웃고 나면 허기가 진다.

그것이 산다는 것이다.

웃음은 하늘이 인간의 본능에 부여한 것이다. 그러므로 웃음은 자연의 섭리를 지극히 잘 따르고 있다는 말이다.

실컷 웃은 적이 없는 인생은 산 것이 아니다.

27

마음껏 재채기를 해본다

1주일 시한부가 되었다면 아직 체력이 남아 있는 동안 재채기를 해두자.

그것도 주변의 시선 따위 개의치 말고 마음껏 재채기를 해보자.

이때다 하고 누군가에게 침을 튀기라는 말이 아니다.

아무도 보지 않는 곳에서 마음껏 재채기를 하면 된다.

재채기가 나오지 않으면 후춧가루를 코에 뿌려도 된다.

설령 인위적으로라도 재채기를 함으로써 자신이 살아 있는 실감을 맛보는 것이다.

'내가 아직 이렇게 재채기를 할 수 있구나.'라고 체감하면 새삼 살아 있음을 느낄 수 있다.

지금까지 내내 재채기가 나오는 것을 참아온 사람도 이때만은 망설이지 않아도 된다.

인간답게 마음껏 재채기를 하자.

재채기를 하고, 재채기를 하고, 마음껏 재채기를 하자.

여태 재채기를 참아온 사람은 마음껏 재채기를 하고 나면 이런 감정에 휩싸일 것이다.

사람은 마음껏 재채기를 하고 나면 불쾌한 기억을 잊을 수 있다.

사람은 마음껏 재채기를 하고 나면 사소한 일에 끙끙 앓지 않게 된다.

그것이 산다는 것이다.

재채기는 하늘이 인간의 본능에 부여한 것이다. 그러므로 재채기는 자연의 섭리를 지극히 잘 따르고 있다는 말이다.

마음껏 재채기를 한 적이 없는 인생은 산 것이 아니다.

28

마음껏 하품을 해본다

1주일 시한부가 되었다면 아직 체력이 남아 있는 동안 하품을 해두자.

그것도 크게 마음껏 하품을 해보자.

한창 누군가의 이야기를 듣다가 보란 듯이 하품을 하라는 말이 아니다.

아무도 볼 수 없는 밀실에서 하품을 하면 된다.

하품은 뇌에 산소를 공급하기 위한 생리현상이라고 하니 연속해서 하는 게 좋다.

하품을 억지로 연발시킴으로써 자신이 살아 있는 실감을 맛보는 것이다.

'내가 아직 이렇게 하품을 할 수 있구나.'라고 체감하면 새삼 살아 있음을 느낄 수 있다.

지금까지 내내 하품이 나오는 것을 참아온 사람도 이때만은 망설이지 않아도 된다.

인간답게 마음껏 하품을 하자.

하품을 하고, 하품을 하고, 마음껏 하품을 하자.

여태 하품을 참아온 사람은 마음껏 하품을 하고 나면 이런 감정에 휩싸일 것이다.

사람은 마음껏 하품을 하고 나면 눈시울이 젖는다.

사람은 마음껏 하품을 하고 나면 머리가 맑아진다.

그것이 산다는 것이다.

하품은 하늘이 인간의 본능에 부여한 것이다. 그러므로 하품은 자연의 섭리를 지극히 잘 따르고 있다는 말이다.

마음껏 하품을 해본 적이 없는 인생은 산 것이 아니다.

29

✦

지금까지 사랑했던 사람들의 기억을 요일마다 반추한다

사람은 죽을 때 무엇을 떠올릴까?

바로 가장 사랑하는 사람이다.

이름만 대면 아는 위인들이 마지막 순간에 무엇을 떠올렸는지 그들의 위인전이나 기사 등을 통해서 확인해보자.

무슨 일이든 선인의 지혜로부터 배우는 것은 소중한 일이다.

가장 사랑하는 사람이라 해도 한 명으로는 좁힐 수 없는 경우가 있다.

그것은 꼭 인기가 많았기 때문이라는 이유만은 아니다.

부모님에 대한 사랑과 자식에 대한 사랑과 연인에 대한 사랑은 다르기 때문이다.

그러므로 '1주일 시한부'는 지금까지 사랑했던 일곱 명의 기억을 매일 한 명씩 요일마다 마음껏 반추하면 된다.

물론 단 한 명의 기억을 매일 반추하는 것도 멋지다.

1주일 시한부 선고를 받지 않은 지금부터 예행연습을 해두겠다고 열의를 보이는 사람도 있을 것이다.

사랑과 인생에는 공통점이 있다.

시작은 언제나 알기 어렵다는 것이다.

아무리 생각해도 시작은 알 수 없다.

시작을 아는 것은 언제나 다음 순간이다.

그것은 끝났을 때다.

끝났을 때 비로소 사람은 '아아, 그게 시작이었어.'라고 확실하게 깨닫는다.

30

우아하게 콩트를 쓴다

남은 수명이 1주일이면 콩트를 쓸 수 있다.

콩트란 단편소설보다도 더 짧은 소설이다.

전업 작가가 쓴 장편소설도 재미가 없고, 혹은 자신에게는 맞지 않는 작품이 많다는 사람도 전업 작가가 쓴 콩트는 전부 재미있다.

장편소설이 풀코스 마라톤이라면 콩트는 100미터 경주와 같은 느낌이다.

풀코스 마라톤은 노력이나 궁리의 여지가 많지만, 100미터 경주는 뒤처지면 그걸로 끝이다.

작자의 센스가 모조리 드러나는 것이 콩트다.

그런 콩트를 죽기 전 1주일 동안 써보는 건 어떨까?

전업 작가도 아닌 사람이 잘 쓰겠다고 부담 가질 필요는 없다.

그러면 스트레스가 쌓여 건강에 해롭다.

지금, 자신이 쓰고 싶은 것부터 쓰면 된다.

지금, 자신이 쓸 수 있는 것부터 쓰면 된다.

스토리를 일체 배제하고, 클라이맥스만 쓰는 것도 훌륭한 콩트다.

쓰기 시작한 것이 스타트.

힘이 다했을 때가 골.

시작은 그때는 알 수 없다.
시작을 아는 것은 끝났을 때뿐.

Part 4

1일 후. 인생이 끝난다면

31

$\blacklozenge$

60분×24시간=1440분이라고 생각하면 의외로 길다

'1일'이란 얼마나 길까?

시간으로 환산하면 24시간, 분으로 환산하면 1440분이다.

많은 사람에게 1분 동안 숨을 쉬지 않는 것은 매우 어려운 일인데, 그것을 1440회 반복한다고 생각하면 의외로 길다.

적어도 나는 늘 그렇게 생각하려고 한다.

그렇게 생각하면 1분이라는 시간에 대해 깊이 감사할 수 있고, 1분만 있으면 무엇이든 할 수 있는 기분이 들기 때문이다.

남은 수명이 1440분이라 해도 나는 그 절반을 수면과 몸을 청결하게 유지하는 데 할애할 것이다.

그렇게 함으로써 남은 720분을 좀 더 의미 있게 보낼 수 있다고 생각하기 때문이다.

깨어 있는 시간을 굳이 절반으로 줄이는 것에 의해 죽음을 뒤로 미루지 않으려고 한다.

오히려 먼저 숙면해두면서 상대적으로 죽음을 앞당기고 싶다.

죽음을 어디 멀리 있는 것이 아니라 바로 눈앞에 있는 것으로 받아들이고 싶은 것이다.

그것이 지금까지의 내가 걸어온 인생의 연장이다.

지금까지 나는 어쨌든 앞당기며 살아왔다.

그러므로 마지막까지 앞당기고 싶은 것이다.

32

우선, 오늘도 잠이 깬 것에 감사하자

남은 수명이 1일인 아침에 잠이 깼으면 우선 그 사실에 감사하자.

원칙적으로 이것이 당신의 인생에서 마지막으로 잠이 깬 것이 될 테니까.

다시 자고 싶으면 자도 된다.

두 번을 자든. 세 번을 자든 더는 아무도 뭐라 하지 않는다.

남의 일로 보거나 듣던 사형수의 마음이 자기 일로 이해가 될 것이다.

죄를 지은 사람과 그렇지 않은 사람이라는 결정적인 차이는 있지만, 같은 인간이고 같은 죽음을 맞이하는 것이다.

오히려 사형수들 쪽이 자신의 죽음을 미리 받아들이고 있었던 만큼, 하이데거가 말한 것처럼 인생을 제대로 살아왔는지도 모른다.

인생은 1일 1생이라고 한다.

매일을 1일 1생이라고 생각하고 살면 잠이 깰 때마다 감사할 수 있다.

아니, 오히려 감사할 수밖에 없다.

나는 매일 잠이 깰 때마다 복권에 당첨된 듯한 기분을 느낀다.

허풍이 아니라 진심이다.

진심으로 행운이라고 느낀다.

'좋아, 오늘도 하루만큼 최선을 다해 살자.' 하고.

33

그날 태양의 남중을 올려다보니 '위대한 정오'가 있었어

가능하면 병실에서도 좋으니 마지막에 태양의 남중을 올려다보자.

태양의 남중이란 태양이 정남쪽에 위치하는 찰나를 말한다.

즉, 그날 중 태양이 가장 높이 뜨는 순간이다.

비가 오는 날이라든가 날씨가 흐려서 태양이 잘 보이지 않는다 해도 상관없다.

괴테가 마지막에 그러했듯이 설령 조금이라도 창을 열고 태양 빛을 구하는 것이다.

왜냐하면 그곳엔 니체의 《짜라투스트라는 이렇게 말했다》의 마지막에 등장하는 '위대한 정오'가 있기 때문이다.

'위대한 정오'에는 정해진 정답이 없다.

니체도 모범답안을 내놓지 않았다.

즉, '위대한 정오'의 해석은 개인에게 맡겨져 있다.

내 해석은 이렇다.

태양의 남중은 모든 그림자를 제거하고 공개적으로 속속들이 드러낸다.

그곳에는 모든 상식이나 기성개념이 통하지 않는 혼돈이 있을 뿐이다.

이 세상의 본질은 혼돈이고, 언어나 과학 이론 등의 질서는 우리 인류가 자신들의 사정에 맞도록 조작한 픽션에 지나지 않는다.

그래도 당신은 불쾌하게 여기지 않고 마지막까지 살아낼 것이다.

34

'장례식은 필요 없다.'고 단호하게 말한다

미리 양해를 구해두는데 장례식은 취미이자 도락이다.

취미나 도락은 '해야 하는' 것이 아니라, '하고 싶으니까 하는' 것이다.

그것을 전제로 한 뒤 장례식을 하는 것은 개인의 자유지만, 타성이라거나 실은 성가신데 하는 것은 더없이 어리석은 짓이다.

이런 말을 하면 이해관계자들은 불같이 화를 낼 것이다.

하지만 이쯤에서 확실히 해두어야 한다.

그냥 무심코 수천만 원을 쓰는 장례식은 불필요하지 않을까?

내 대학 후배 중에 장의사의 아들이 있었다.

학비며 생활비 따위를 부모로부터 나와는 차원이 다르게 받던 그가 어느 날 의기양양한 얼굴로 이렇게 말했던 것을 나는 아직도 또렷이 기억하고 있다.

"장의사는 떼돈을 버는 직업이야. 아무리 가난한 사람도 장례식비를 깎는 사람은 거의 없거든."

여기서 나는 장례식의 좋고 나쁨을 묻고 싶은 게 아니다.

실은 그저 이해관계자들로부터 '장례식은 하는 것이 상식'이라고 세뇌되었을 뿐인데 스스로 결정했다고 믿는 것은 착각이라고 경종을 울리고 싶은 것이다.

'장례식은 필요 없다.' '묘지도 필요 없다.'고 단호하게 말하는 것이 유족의 마음을 얼마나 편안하게 해줄지는 말할 필요도 없을 것이다.

35

정성껏 이를 닦는다

인제 와서 이를 닦아봐야 무슨 소용이 있겠어? 라고 생각하지 마라.

마지막 양치질은 충치 예방을 위해 이를 닦는 것이 아니다.

어디까지나 자신의 몸에 대한 경의를 구체적인 행동으로 나타내는 것이다.

그것이 제대로 산다는 것이기 때문이다.

당신의 이는 당신이 철들기 전부터 당신을 지탱해왔다.

즉, 이는 당신보다 선배다.

이가 없으면 당신은 오늘까지 살아 있을 수 없었다.

적어도 이 덕분에 건강하게 살 수 있는 기간이 길었을 것이다.

그런 이에게 경의를 담아 정성껏 닦는 것이다.

더할 나위 없이 정성스럽게.

치간 칫솔도 잊어서는 안 된다.

입 안을 헹굴 때도 정성을 다하자.

애용하는 구강 세정액도.

죽은 후에 입 냄새가 심하면 꼴사납다.

죽으면 자신과는 관계없다는 문제가 아니다.

죽어서 재가 되어 자연으로 돌아가도 당신은 계속 살아 있는 것이다.

당신을 아는 사람들 모두의 기억 속에서.

36

✦

정성껏 세안한다

특히 눈곱 처리는 꼼꼼히 하길 바란다.

되도록 자신의 손으로.

세안하면서 자신의 얼굴에 감사하자.

지금까지 당신의 인생 전부를 전면에서 지탱해준 그 얼굴에.

손바닥으로 꼼꼼히 느끼자.

이마, 눈 주위, 코, 볼, 턱을.

어렸을 때부터 지금까지 당신의 얼굴은 사람들에게 어떤 인상을 주었을까?

새삼 반성하지 않아도 된다.

'잘해주었어.'라고 생각하면서 다정하게, 정말로 다정하게 쓰다듬어주자.

그리고 거울에 비친 당신의 얼굴을 똑바로 정면에서 마주하는 것이다.

자신임과 동시에 자신과는 다른 '대상'으로서도 마주하자.

필시 마지막에 보는 대상으로서의 당신은 지금까지의 당신 중에서 가장 멋질 것이다.

그도 그럴 것이 정말로 멋지니까.

나는 옛날부터 세안을 좋아했다.

세안을 하면 정신이 확 들기 때문이다.

얼굴은 뇌에 가깝기 때문인지 머리도 맑아진다.

마지막의 나와는 맑은 정신으로 마주하고 싶은 것이다.

37

✦

정성껏 목욕한다

마지막이기 때문에 더욱더 청결하게 씻기를 권한다.

머리끝에서 발끝까지 정성껏 씻기를 권한다.

특히 나는 옛날부터 발을 씻는 것을 좋아했다.

지금도 좋아한다.

발가락과 발가락 사이는 신이 깃들어 있다고 생각하고 있고, 이곳을 청결하게 유지하는 것이 운을 좋게 하는 요령이라고 믿어왔다.

정말이다.

실제로는 아무 인과관계가 없을지도 모르지만, 발을 청결하게 유지함으로써 이득을 본 적이 많다.

유사시에 소용이 되는 것은 멋쟁이의 힘이 아니라 알몸의 힘이다.

그 알몸의 힘 중에서도 발의 아름다움은 특히 눈에 띈다.

눈에 띄지 않는다고 생각하는 것은 무관심한 본인뿐이고, 제대로 된 사람은 발을 세부까지 본다.

여하튼 발은 글자 그대로 당신의 몸을 지금까지 계속 지탱해주었을 것이다.

정말로 수고가 많다.

발뿐만 아니라 목욕을 하면서 몸의 각 부위에 진심으로 감사를 전하자.

"지금 이 순간이 있는 것은 다 너희들 덕분이야."

38

정성껏 손톱을 깎는다

몸은 뇌나 심장에서 멀어질수록 경시되기 쉽다.

그 대표가 손가락 끝이고 손톱일 것이다.

그런데 손가락 끝이나 손톱은 너무나 잘 보인다.

사람의 성격이나 생활 모습을 판단하는 데에도 손가락 끝이나 손톱이 체크의 대상이 되기 쉽다.

그렇다고 해서 손가락 끝이나 손톱만을 정리하면 그것은 수단과 목적이 역전된 것인데, 내실을 갖춘 사람이야말로 손가락 끝이나 손톱을 정리하지 않으면 안타깝다는 이야기다.

제대로 산 사람일수록 손톱은 정성껏 깎아 놓자.

다만 정성이 너무 지나쳐서 손톱을 바싹 깎지 않도록 주의하길 바란다.

내 손톱은 언제나 짧다.

그것은 지금까지의 인생에서 수많은 섹시 남자 배우에게서 배운 것이다.

그들로부터 직접 들은 것은 아니지만 동영상을 통해 깨달았다.

섹시 남자 배우는 예외 없이 손톱이 짧다.

개중에는 손톱이 거의 없다시피 한 배우도 있었다.

그것은 물론 여자 배우의 몸에 상처를 입히지 않기 위해서다.

그렇게까지 철저하게 하지 않아도 되지만, 자신이 충분히 납득할 수 있는 길이로 해두길 바란다.

물론 손톱뿐만 아니라 발톱도 잊지 않고 깎아두자.

발톱을 깨끗이 깎으면 왜 그렇게 기분이 좋을까?

39

정성껏 얼굴을 면도한다

남녀를 불문하고 권하고 싶은 것이 얼굴을 면도하는 습관이다.

정말로 시원하다.

내가 다니는 이용실에는 얼굴을 면도하기 위해서만 이용실을 드나드는 여성도 있는데, 매우 바람직한 일이라고 생각한다.

얼굴을 면도하면 바로 알아채겠지만, 얼굴이 확 밝아진다.

그만큼 얼굴에는 무수한 털이 나 있다는 증거다.

얼굴을 면도해서 얼굴이 밝아지면 거울에 비친 자신의 얼굴에 생명력이 넘칠 것이다.

왜냐하면 그곳엔 밝고 윤이 나는 얼굴이 비치고 있기 때문이다.

자신의 얼굴에 자신감을 가지면 사람은 건강해진다.

그 정도로 얼굴을 면도하는 것이 효과적이다.

내가 지금까지 미용실에 간 게 손가락으로 꼽을 수 있을 정도(한 손으로도 충분할 정도)밖에 안 되는 것은 얼굴 면도를 해주지 않기 때문이다.

이용실에는 얼굴을 면도하는 자격이 있어도, 미용실에는 얼굴을 면도하는 자격이 없다.

나에게는 유행하는 머리 스타일을 따라 하기보다도 얼굴을 면도하는 쪽이 몇 배나 더 중요했기 때문에 결과적으로 계속해서 이용실에 다녔던 것이다.

지금은 혼자서도 얼굴을 면도하기로 했다.

이용실에 갔는데 면도하는 곳이 아니면 놀랄 정도다.

40

우아하게 시를 짓는다

하루면 누구나 시를 지을 수 있다.

일정한 시적 양식에 따라 구성된 정형시가 아니라 제한이 없는 자유시를 권하지만, 물론 당신이 선호하는 쪽을 선택하면 된다.

정형시에 소양이 있는 사람은 정형시로 마음이 향할 것이고, 정형시에 소양이 없는 사람은 자유시 쪽이 좋을 것이다.

사소한 형식 따위는 아무래도 상관없으니까 생각나는 대로 자유롭게 쓰면 된다.

미야자와 겐지의 <비에도 지지 않고>는 그가 수첩에 끄적인 메모였다.

그도 필시 후세에 남길 생각으로 쓴 것은 아니었을 것이다.

그 메모가 시로 높은 평가를 받고 그의 대표작 중 하나가 되었다.

어쩌면 당신이 지은 시도 높은 평가를 받을지도 모른다.

하지만 그런 건 아무래도 상관없다.

그저 당신이 쓰고 싶은 대로 쓰면 된다.

잘 쓰려고 애쓰지 않는다.

어깨의 힘을 빼고 마음속에서 떠오르는 것을 그대로 쓴다.

작가로서 말해두는데 타인의 마음을 울리는 글을 목표로 삼아서는 안 된다.

비전문가가 인기를 얻으려고 쓴 글은 그 의미가 퇴색할 뿐이다.

당신의 영혼에서 스며 나온 '응어리'를 서투르게 표현하면 그것이 타인의 마음을 울리는 것이다.

하루는 평생.

평생은 하루.

Part 5

1시간 후, 인생이 끝난다면

41

✦

60초×60분=3600초라고 생각하면 의외로 길다

1시간은 60분이고, 60분은 3600초다.

나는 지금까지 3600까지 수를 세어본 적이 없다.

지금까지 살면서 가장 많이 세어본 것이 200인가, 500인가 그쯤이지 싶다.

분명 어렸을 때 아버지와 욕조에 잠수해서 큰 소리로 경쟁하듯이 수를 세었는데, 데친 문어처럼 벌게지기 직전에 포기했던 것 같다.

1000까지 세어본 적도 한 번도 없다.

필시 앞으로도 없을 것이다.

그렇게 생각하면 '1시간 시한부'는 '3600초 시한부'이고, 지금까지 자력으로 세어본 적이 없는 시간이 아직 남아 있게 된다.

신은 충분한 시간을 남은 수명으로 선물해준 것이다.

설령 1시간을 더 받았다 해도 어차피 같은 것의 반복이다.

죽음을 미루는 것은 결단을 미루는 것과 같고 무의미한 짓일 뿐이다.

적어도 나는 그렇게 생각한다.

3600초라는 시간을 허심탄회하게 생각하길 바란다.

마음만 있으면 자식도 만들 수 있는 시간이다.

당신의 유전자를 이 세상에 남길 가능성이 있는 것이다.

여기서 '자식 만들기'는 물론 비유다.

42

어쩌면 이 1시간을 위해 당신의 인생이 있었던 것은 아닐까 남은 수명이 1시간이라고 상상하면 가슴이 두근거린다.

적어도 내 주위에서 먼저 간 사람들의 1차 정보라든가, 의료기관에서 수천 명, 수만 명의 마지막을 배웅한 사람들의 육성으로 판단하건대 죽음을 1시간 남겨 놓고 살겠다고 아등바등한 사람은 적은 듯하다.

그것은 자연의 섭리가 생명에게 준 선물이지 않을까?

필시 우리는 말이나 논리를 초월하여 죽음을 받아들일 수 있듯이, 본능으로서 입력되어 있는 것이다.

위에서 나는 남은 수명이 1시간이라고 상상하면 가슴이 두근거린다고 했다.

그때의 나는 분명 이렇게 생각하기 때문이리라.

'어쩌면 이 1시간을 위해 내 인생이 있었던 것은 아닐까…….'

만약 그때의 나에게 사고할 수 있는 머리가 있다면 이 마지막 1시간의 사고가 지금까지 살아온 인생의 집대성일 것이라고 생각한다.

무엇을 생각할지 모른다.

왜냐하면 아직 그때가 오지 않았기 때문이다.

지금부터 무엇을 생각할지, 혹은 무엇을 느낄지를 예상하는 것은 난센스일 것이다.

그때만은 아무 연습 없이 바로 시작되는 즉흥 연기가 제일 좋다.

더는 누구의 평가도 신경 쓰지 않고, 오로지 나의 사고를 황홀해하면서 만끽하고 싶다.

43

정말로 소중한 사람과 시간을 보낸다

죽기 전 1시간쯤은 진심으로 살자.

이런 귀중한 시간에 남들에게 미움받는 것을 두려워하다니 신에 대한 모독일 뿐이다.

좀 더, 좀 더, 멋대로 굴어보자.

우선 정말로 시간을 같이 보내고 싶은 사람 외에는 방에서 쫓아내면 된다.

확실하게 "○○와 둘만 있게 해줘." "가족끼리 있게 해줘."라고 말하는 것이다.

인생에서 이것을 결정하지 않으면 달리 무엇을 결정할 수 있을까?

아무것도 말할 필요는 없으니 정말로 소중한 사람과 조용히 편안하게 지내면 된다.

당신이 천애 고아라고 하자.

그 경우는 당신 자신과 지내면 된다.

설령 고독사라 해도 그것을 부끄러워할 필요는 전혀 없다.

자기 자신과 마주하고 고독한 자신을 자랑스럽게 생각하는 것이다.

역사와 투쟁한 영웅들의 마지막은 고독했다.

잔 다르크나 조르다노 브루노는 산 채 화형을 당했다고 하는데, 시공을 초월하여 나는 강에 뿌려진 두 사람의 재를 입자 하나하나 모두 사랑하고 있다.

왜냐하면 고독한 죽음은 모든 이치를 초월하여 인간의 삶에서 정점의 모습이기 때문이다.

고독을 두려워하는 비굴한 죽음만은 어떻게든 피하기를 바란다.

44

'손자에게는 자신의 죽는 모습이 아니라
삶의 모습을 보여주고 싶다.'는 자존심이 아름답다

어느 사장님의 부친이 돌아가셨을 때 밀실에서 이런 말을 들려주었다.

"저희 아버님은 암으로 돌아가셨는데, 항암제를 투여하고 나서는 손자들을 절대로 만나지 않으셨어요. 그렇게 눈에 넣어도 아프지 않다고 말씀하시던 손자들을 정말이지 단 한 번도 만나고 싶어 하지 않으셨지요……."

나는 그 마음을 잘 안다.

분명 그 사장님의 부친은 강한 자존심으로 똘똘 뭉쳐서 평생을 살아온 사람이었으리라.

실은 죽을 만큼 손자들을 보고 싶었음이 틀림없다.

하지만 나도 같은 입장이었다면 틀림없이 그렇게 했을 것이라고 한 점의 의혹도 없이 확신할 수 있었다.

왜냐하면 손자에게는 나의 죽는 모습이 아니라 삶의 모습을 보여주고 싶기 때문이다.

솔직히 말해서 죽는 모습은 추하다.

누구나 추하다.

적어도 살아 있을 때보다는 추해지도록 자연의 섭리로 그렇게 만들어져 있다.

그렇지 않으면 모두 빨리 죽고 싶어 할 테니까.

나는 사후에 미화되는 풍조가 싫다.

이것은 한 분야의 천재가 죽은 뒤에야 비로소 높은 평가를 받는 것과는 달리 보잘것없는 범인도 "훌륭한 사람이었지."라고 과대평가되는 풍조가 싫다는 것이다.

그것은 인간 사회의 추잡한 기만일 뿐이라고 느끼기 때문이다.

45

고독사·돌연사에는 건강하게 천수를 누리다 죽은 고령자가 많다

앞으로 우리 사회는 고독사·돌연사가 계속 늘어날 것이다.

그것이 초고령사회의 운명이기 때문에 어쩔 수 없다.

그런데 요양시설에 들어가고 싶어 하지 않는 노인이 많은 이유를 아는가?

아무도 속내를 드러내지 않으니 내가 여기서 공개하겠다.

보이지 않는 곳에서 들키지 않도록 음습하게 시설의 직원들에게 괴롭힘을 당하기 때문이다.

이것은 병원에서도 마찬가지인데, 일부 의사나 간호사가 완전 범죄로 괴롭힘을 가해서 합법적으로 죽임을 당하는 노인이 많다.

이제 그런 실태쯤은 눈치채자.

THE BLUE HEARTS(일본의 펑키 락 밴드)가 노래 가사로 가르쳐주고 있다.

"약한 자들이 저녁 무렵에 더 약한 자들을 공격한다."

이것이 우주에서 유일한 집단 괴롭힘의 본질이다.

요양시설의 직원이나 병원의 간호사는 말할 필요도 없이 사회적 약자에 속하고, 의사나 후생노동성의 관료 중에는 과거에 괴롭힘을 당한 공붓벌레가 많다.

이러한 근본적인 문제를 해결하지 않으면 고독사·돌연사는 줄어들지 않을 것이다.

그도 그럴 것이 노인이 되고 나서 괴롭힘을 당하는 것보다 고독사·돌연사를 선택하는 쪽이 훨씬 행복한 죽음이기 때문이다.

고독사·돌연사는 건강하게 천수를 누리다 죽은 행복한 노인들의 상징이다.

46

가능하면 몸에 있는 모든 구멍을 깨끗이 해두고 싶다

상대와 대면하여 일하는 사람이면 누구나 한 번은 경험한 적이 있듯이 상대의 코털이 튀어나와 있으면 신경에 거슬려서 견딜 수가 없다.

설령 눈앞의 상대가 아무리 고상한 말을 해도, 아무리 위대한 사람이라도, 아니 그러면 그럴수록 더 이야기에 집중할 수 없게 된다.

반대로 당신은 어떨까?

실은 당신이 그런 상대를 만날 확률과 당신의 코털이 튀어나와 있을 확률은 같다.

적어도 스스로 바짝 신경 쓰고 있지 않으면 1년에 몇 번은 그런 일이 있을 것이다.

이건 코털뿐만 아니라 코끝의 오물인 '블랙헤드'와 귓구멍, 몸의 구멍이라는 구멍은 모두 마찬가지다.

나는 출근 전이나 상담 전, 강연의 강사로 사람들 앞에서 이야기할 때는 1시간 전부터 몸에 있는 모든 구멍을 깨끗이 하는 데 집중했다.

그렇게 함으로써 본무대에서는 승부에 집중할 수 있기 때문이다.

죽음을 마지막 출진이라고 생각해보자.

역시 깔끔하게 죽는 것에 집중하고 싶지 않은가.

혹여 가능하다면 죽기 전 1시간 동안 몸에 있는 모든 구멍을 깨끗이 해두길 바란다.

그것이 신체에 대한 마지막 보은인 것 같은 기분도 들 테니.

47

◆

유머와 감동은 생명력의 증거

강권하는 건 아니지만 죽기 전 1시간은 유머와 감동이 있는 시간으로 삼기를 바란다.

적어도 나는 그렇게 하고 싶다는 이야기다.

외국 영화를 보면서 멋지다고 생각하는 것은 절체절명의 순간에도 유머를 잃지 않는 자세다.

내가 특히 좋아하는 배우는 브루스 윌리스와 스티븐 시걸이다.

영화 속에서 그들이 궁지에 몰렸을 때 툭 던지는 대사는 정말 기가 막히게 좋다.

절체절명의 위기에서 유머러스한 대사를 말할 수 있으면 거기엔 감동이 생긴다.

이상은 히트를 친 모든 영화나 소설의 패턴 중 하나인데, 이것이 딱히 픽션에만 적합한 것은 아닌 모양이다.

오스트리아의 정신과 의사인 빅터 프랭클은 《죽음의 수용소에서》로 유명한 작가인데, 그는 이 책에서 자신이 직접 체험한 아우슈비츠 강제수용소의 실상을 정교하고 치밀하게 묘사했다.

그곳에서 기적적으로 살아 돌아온 사람들의 공통점이 바로 유머와 감동이었다.

인간은 극한의 상태가 되면 대부분 표정이 굳으면서 어두워진다.

그중에서 설령 지어낸 이야기라 해도 좋으니 유머나 감동을 빼놓지 않았던 사람이 높은 확률로 살아남았다는 것이다.

죽기 전 1시간쯤은 당신도 히어로, 히로인이 되어보는 건 어떨까?

어차피 인간은 절대로, 반드시, 백 퍼센트 언젠가 죽으니까.

48

✦

죽기 1시간 전에 하던 것이 그 사람의 사명이다

이것은 의식하든 의식하지 않든 마찬가지인데, 죽기 1시간 전에 하던 것이 당신의 사명이다.

당신이 엉엉 울었다면 그것이 당신의 사명.

당신이 분노를 폭발시켰다면 그것이 당신의 사명.

당신이 씨부렁대고 있었다면 그것이 당신의 사명.

당신이 킥킥 웃고 있었다면 그것이 당신의 사명.

당신이 싱글벙글하고 있었다면 그것이 당신의 사명.

여기서 나는 마지막 순간만큼은 억지로라도 웃으라고 당신에게 강요하려는 것이 아니다.

이건 비밀인데, 억지로 웃어봐야 의미가 없다.

"웃으면 행복한 감정이 뒤따라 온다."는 자기 계발적인 교훈도 죽기 1시간 전에는 아무 소용이 없다.

웃고 싶은 사람만 웃으면 되고, 화내고 싶은 사람은 억지로 참지 말고 화내면 된다.

인제 와서 어쩔 수 없다.

다만, 만약 당신이 마지막 1시간을 웃으며 보내고 싶다면 지금부터 그렇게 살며 준비해둘 수밖에 없을 것이다.

이 책을 정말로 죽기 1시간 전에 읽는 사람은 우선 없을 테니.

아무리 발버둥 쳐도 죽기 1시간 전, 그때 당신의 사명은 반드시 드러난다.

49

✦

마지막에 듣고 싶은 음악을 골라 놓으면 좋다

당신에게도 괜히 가슴이 뛰는 음악이 있을 것이다.

대부분은 그것이 감성이 풍부한 10대 때 들은 유행가다.

필시 그 무렵이 생명력이 가장 왕성했을 것이고, 사람은 그것을 반복하면서 나이를 먹는다.

즉, 10대의 반복이 인생인 것이다.

21세도 31세도 41세도 51세도 61세도 71세도 모두 11세다.

29세도 39세도 49세도 59세도 69세도 79세도 모두 19세다.

이건 비밀인데 사람은 자신의 부모님 나이가 되면 누구나 깨닫게 되는 것이 있는데, 그것은 '나이를 먹어도 사람은 본질적으로 아무것도 바뀌지 않는다.'라는 사실이다.

바꿔 말하면 부모님은 훌륭하게 어른 흉내를 내던 것이었다고 감탄하게 된다는 것이다.

그건 그렇고, 당신이 마지막에 듣고 싶은 음악을 지금부터 골라 놓자.

죽을 때 좋아하는 음악을 들으면서 죽고 싶다는 사람은 매우 많으니까.

당신이 모르고 죽어버리면 아까울 것 같은 음악을 한 곡 소개한다.

소개한 음악을 듣고 자신의 음악 리스트를 바꿀 필요는 털끝만큼도 없지만, 선택의 폭을 넓히는 계기는 될 것이다.

포레의 <엘레지>를 자클린 뒤 프레의 연주로 음미해보자.

요요마의 연주도 천하일품이지만, 이 곡에 한해서는 뒤 프레를 추천하고 싶다.

그녀의 생애를 알면 총명한 당신은 그 이유를 알아줄 것이라고 생각한다.

50

우아하게 묘비명을 정한다

죽기 전 1시간 동안 묘비명을 정하기를 권유한다.

미리 골라 놓은 것 중에서 결단을 내리면 된다.

정말로 우아한 시간을 보낼 수 있다고 생각한다.

묘지가 필요 없으면 묘비명도 새길 필요가 없다.

다만, 어떤 형태로든 남겨두는 것은 멋지다고 생각한다.

예를 들어 인터넷상의 SNS에서 마지막 메시지를 남기든가.

요즘엔 그런 사람이 늘어나고 있는데, 그런 것을 볼 때마다 멋진 시대가 되었다고 느낀다.

내 묘비명은 직장을 그만두자마자 순식간에 정한 것이다.

그것은 "금기에의 도전으로 다음 세대를 만든다."이다.

정말로 순식간에 내 머릿속에 떠올랐다.

지금은 그것이 계시가 아니었을까 싶고, 어김없이 나의 사명이 되었다.

내가 마지막 1시간을 보내고 있다면 나는 이 사명에 대해 얼마나 나의 역할을 완수할 수 있었는지를 유유히 우아하게 되돌아보고 싶다.

후회가 없다고는 할 수 없겠지만, 지금으로서는 정말 좋은 느낌이지 않은가 하는 자부심이랄까, 어쨌든 감사하고 있다.

이 자리를 빌려 정말로 순수한 사명을 받은 것에 감사하고 싶다.

3600초는 필요하고도 충분한 시간이다.
'자기만'의 우아한 마지막을 만끽하자.

Part 6

◆

1분 후. 인생이 끝난다면

51

지구의 역사를 24시간에 비유하면 인류의 역사는 1분도 되지 않는다

우주의 역사는 138억 년, 지구의 역사는 46억 년이라고 한다.

여러 설이 있지만 석기를 자유자재로 다루어서 '손재주 있는 사람'을 의미하는 초기의 인류(호모 하빌리스)가 약 200만 년 전에 탄생한 것으로 추정되니 지구의 역사를 24시간에 비유하면 인류의 역사는 채 1분도 되지 않는다.

하물며 우주의 역사를 24시간에 비유하면 인류의 역사는 고작 10여 초 정도다.

어떤가.

우주나 지구의 스케일이 얼마나 장대하고 우리 인류가 얼마나 하찮은 존재인지, 이것으로 다시 인식할 수 있지 않을까?

우주나 지구의 스케일로 생각하면 인류는 모든 것이 너무나 작다.

인간 한 명의 인생 따위는 찰나에 불과하다.

이것이 현실이다.

찰나인 우리의 인생은 우주의 입장에선 어떻게 되든 상관없는 존재다.
장대한 우주 속에서 티끌과 인간의 차이는 어디에도 없을 것이다.

그렇게 생각하면 우리는 사는 것이 아니라, 살게 된 것이라고 깨닫게 된다.
찰나의 인생이 주어진 것에 감사하며 자연계에 경외심을 품길 바란다.

52

마지막에 자신의 심장 박동을 확실하게 느껴본다

심박수는 같은 사람도 몸 상태나 시간대에 따라 차이가 있고, 개인에 따라서도 다르지만, 평균 1분간 약 60회라고 한다.

즉, 1초에 1회다.

포유류는 평생 약 20억 회의 맥박이 뛴다고 하는데 마지막 60회를 조용히 느껴보길 바란다.

이 순간만큼 생명의 존엄함을 느낄 수 있는 시간은 없을 테고, 삶의 희열을 곱씹을 일도 없을 것이다.

명상이랄 것까지는 아니지만 나는 매일 잠자리에 드는 순간 양손을 배 위에 모은다.

이것은 철이 들고 나서 줄곧 해온 일이다.

캄캄한 어둠 속에서 포근한 이불 속에 들어가 그 행복을 마음껏 누리면서 호흡과 심장 박동을 느끼려고 한다.

호흡을 조절하거나, 심장 박동을 세는 것은 아니다.

그냥 오로지 느낄 뿐이다.

'살아 있다는 게 참 대단하구나!'라고 절실히 느끼면서 점점 의식이 멀어지겠지만, 필시 나의 마지막 1분도 이와 같을 것이다.

마지막에 심장 박동이라는 자신이 살아 있다는 증거를 똑똑히 느낌으로써 죽는 순간 입꼬리가 조금은 올라갈 수 있지 않을까?

53

✦

사람은 죽는 순간 갈증을 느낀다

지금까지 주변 사람의 죽음을 몇 명이나 봐왔지만, 사람은 죽는 순간 갈증을 느끼는 경우가 많은 듯하다.

죽을 때 셔벗류의 시원한 아이스크림이나 냉수를 찾는 사람이 많은데 그것은 필시 생명과 물의 관계를 끊으려야 끊을 수 없는 것과 관계가 없지는 않을 것이다.

대부분의 경우 죽기 며칠 전부터 빈번하게 찾는 수분의 종류가 정해지는 듯하다.

어떤 사람은 냉수.

어떤 사람은 아이스크림.

어떤 사람은 와인.

그 사람이 마지막에 무엇을 찾는지는 그 사람답다고 하면 그 사람답다.

마지막에 두툼한 스테이크를 먹고 싶다거나, 국물이 진한 라면을 먹고 싶다는 이야기를 적어도 나는 지금까지 한 번도 들은 적이 없는 것을 생각하면, 마지막에 사람은 심플하거나 정말로 좋았던 것을 찾는 것이리라.

집안사람 중 마지막이 너무 인상적이었던 한 사람이 생각나서 이 자리를 빌려 소개한다.
그는 53세 때 죽었는데, 마지막에 이렇게 말했다.

"물 줘."

작은 컵에 담긴 물을 다 마신 직후 고개를 끄덕이고 그대로 죽었다.
참으로 진정한 사나이였다.

54

'색즉시공, 공즉시색'은 과학적으로 옳다

색즉시공이란 물질에는 실체가 없다는 의미다.

공즉시색이란 실체가 없다는 것이 물질이라는 의미다.

일반적으로 생각하면 무슨 말을 하는지 알 수 없을 것이다.

하지만 이것은 궤변도 아니고 말장난도 아니다.

과학적으로도 옳다.

우리가 이과 수업 때 배운 원자핵과 전자를 떠올려보자.

원자는 원자핵과 원자핵을 둘러싼 전자로 이루어져 있다.

일단 그것이 옳다는 것은 과학적으로도 증명되었다.

그런데 다음과 같은 사실도 알려지며 의문이 생긴다.

원자의 크기는 100억 분의 1미터라 하고, 다시 그 10만 분의 1이 원자핵의 크기라고 한다.

예를 들어 서울역 광장에 직경 1미터의 짐볼을 놓고 그것이 원자핵이라고 하면 쌀알보다 작은 구슬이 전자로서 청주나 태안 부근을 날아다니고 있는 것이다.

그렇게 생각하면 원자핵과 전자의 사이는 텅 빈 상태가 되어 아무것도 없는 것과 같다.

이상과 같이 물질에는 실체가 없고, 실체가 없다는 것이 물질이라고 증명되었다.

실제로 삼라만상은 이처럼 텅 빈 상태의 원자로 성립되어 있으니까.

당신도 나도 그도 실은 텅 비어 있으니 마지막 1분도 텅 비어 있는 것이다.

55

〈반야심경〉 262자의 마지막은
'피안으로 가면 그것이 깨달음이다. Good luck!'

〈반야심경〉이란 《반야경》의 요약본이다.

《반야경》은 원래 600권 이상에 달하는 경전이고, 누구나 독파할 수 있는 것이 아니다.

그래서 친절하게도 머리가 좋은 사람(작자불명)이 단 262자로 응축해준 것이다.

정말이지 감사한 일이다.

기적이라 해도 될 정도다.

그 262자 중에서도 귀에 익숙한 마지막이 이렇게 되어 있다.

"바라아제 바라승아제 모지 사바하."

실은 이 글을 정확하게 해석한 말은 없는 듯하고, 의미 또한 별로 중요하지 않다.

주술이나 주문과 같은 것으로 그저 소리를 내서 외는 것에 가치가 있는 듯하다.

그것은 이치를 중시하는 서양철학과는 대치되는 동양철학다운 모습이라고도 할 수 있다.

동양철학은 이치가 아니라 스스로 체감하는 것 자체에 중점을 두고 있으니까.

그럼, 굳이 해석하자면 어떻게 될까?

'다음은 죽으면 모두 알 수 있으리니.'

이렇게 해석할 수 있을 것이다.

참 재미없는 해석이라는 사람에게는 '피안으로 가면 그것이 깨달음이다. Good luck!'은 어떨까?

요는 아무도 죽음을 경험한 적이 없으니 죽지 않는 한 알 수 없다는 것이다.

마지막 1분은 죽음이라는 첫 체험을 설레는 마음으로 기다리는 시간이다.

56

✦

불안해져도 되지 않을까, 인간이니까

서예가 중에 아이다 미쓰오라는 유명한 분이 있다.

나는 그의 독특한 필치를 좋아해서 그를 흉내 내 엽서를 쓰기 시작했다.

그의 책을 처음 만난 것은 대학생 때였는데, 손글씨의 포로가 되고 말았다.

서툴러도 좋으니까 따뜻함이 느껴지는 손글씨가 아름답다고 직감했다.

그 이후 틈만 나면 부지런히 감사 엽서를 써서 우체통에 넣곤 했는데, 그것이 실력 이상으로 내가 평가를 받은 이유 중 하나라고 생각한다.

이렇게 책을 쓸 수 있게 된 것도 엽서의 효과였다.

그런 아이다 미쓰오의 가장 유명한 말이 '인간이니까.'라는 명언일 것이다.

이 다섯 자의 글은 실로 심플하면서도 깊다.

실패해도 되지 않을까, 인간이니까.

실연을 당해도 되지 않을까, 인간이니까.

병에 걸려도 되지 않을까, 인간이니까.

투옥되어도 되지 않을까, 인간이니까.

야반도주해도 되지 않을까, 인간이니까.

정말이지 만능이다.

마지막 1분에 불안해져도 되지 않을까, 인간이니까.

나도 실은 불안하다.

57

자신이 죽은 후의 일은 생각하지 않아도 된다

마지막 1분이라는 것은 실제로는 거의 아무것도 할 수 없다.

액션 영화에서 어떤 선을 끊어야 살 수 있는지 결단에 쫓기는 시간, 바로 그것을 마지막 1분이라고 생각하면 된다.

액션 영화와 다른 것은 당신 앞에는 이제 확실히 죽음이 기다리고 있다는 것이다.

나는 전부터 생각하고 있는 것이 있다.

만약 내가 영화감독이 된다면 그런 궁극의 장면에서는 그대로 폭발해버리는 작품을 만들어보고 싶었다.

결말은 아무것도 생각하지 않았지만, 어쨌든 그런 금기에 도전해보고 싶은 것이다.

자, 당신의 인생도 마침내 마지막 1분이 남았다.

성인용품은 깨끗이 정리했고, 야동 사이트의 좋아하는 URL도 삭제했다.

으음, 틀림없다.

그렇다면 이제 미련은 조금도 없을 것이다.

자신이 죽은 후의 일은 생각하지 않아도 된다.

단지 죽는 것에만 집중하며 생을 다할 뿐이다.

그도 그럴 것이 지금까지 어떤 겁쟁이도 죽음으로부터는 도망칠 수 없었다.

도망칠 수 없었단 말이다.

앞으로는 더 이상 아무것도 걱정하지 않아도 된다.

58

만약 사후 세계가 있다면 그건 행운이다.
다시 즐길 수 있으니까

나는 가끔 생각한다.

만약 사후 세계가 있다면 그건 행운이라고.

왜냐하면 다시 인생을 즐길 수 있으니까 말이다.

인생이란 주어진 카드(유전자)에 불평하지 않고(불평하지 못하고), 어떻게 즐기느냐의 게임이다.

일반적으로 나쁜 머리는 좋아지지 않고, 느린 발도 빨라지지 않는다.

개구리의 자식은 개구리(실은 올챙이).

솔개가 매를 낳는 일도 없다.

참외 덩굴에 가지는 열리지 않는다.

하지만 나쁜 머리로도 이길 수 있는 방법은 반드시 있고, 발이 느려도 행복해질 수 있다.

그래서 나는 다음에 어떤 카드가 주어져도 이길 수 있도록 즐기고 싶은 것이다.

실제로 이길 수 있는지 어떤지는 알 수 없지만, 과정을 마음껏 즐기고 싶다.

죽는 순간 유체이탈하여 자신의 유해를 내려다본다는 그 장면이 진짜라고 알게 되면 나는 덩실거리며 기뻐할 것이다.

죽은 사람과 직접 인터뷰한 사람이 없는 이상 사후 세계가 있는지 없는지는 알 수 없다.

하지만 만약 있다면 그것만으로도 행운이지 않을까?

그렇게 믿을 수 있는 사람은 죽음도 그렇게 무섭지 않게 될 테고.

59

✦

만약 사후 세계가 없다면 그 또한 행운이다.
악행이 들통나지 않으니까

나는 가끔 생각한다.

만약 사후 세계가 없다면 그 또한 행운이라고.

왜냐하면 내가 저지른 악행이 들통나지 않을 테니까.

이건 비밀인데, 정말로 비밀로 간직해주시길, 만약 사후 세계가 있다면 나에게는 천국에 갈 자신이 없다.

이런 짓도 했고, 저런 짓도 했다.

아니 그보다도 더 나쁜 짓도 해왔다.

잠깐 생각나는 것만으로도 어느 각도에서 봐도 지옥행 확정이다.

진위는 분명치 않지만 예수 그리스도는 이렇게 말했다.

"부자가 천국에 가는 것보다 낙타가 바늘구멍을 통과하기가 더 쉽다."

부자조차 천국에 가는 것이 그렇게나 어려운 일이라면 내가 천국에 가는 것은 아무리 생각해도 불가능하다.

그 정도로 지금까지 살아오면서 수많은 악행을 저질렀다고 생각한다.

물론 이렇게 고백함으로써 그것이 참회가 되어 천국에 들어갈 수 있게 허락받지 않을까, 하는 참으로 교활한 속셈이 있는 것도 인정한다.

그런 나니까 사후 세계는 믿지 않기로 했다.

솔직히, 만약 사후 세계가 있다면 '아차!' 싶다.

60

우아하게 지난 일을 회고하며 미소 짓는다

나라면 마지막 1분은 눈을 감겠다.

마지막은 시각보다도 상상을 맛보고 싶기 때문이다.

특별히 애쓰지는 않겠지만 반드시 무언가를 떠올리며 미소를 지을 것이다.

솔직히 불쾌한 일들도 많았다.

아니, 인생은 90퍼센트가 불쾌한 일일 것이다.

90퍼센트의 불쾌한 일 외에 10퍼센트의 작은 행복이 있으니까 살 수 있는 것이다.

기본적으로 인생은 괴로운 것이 보통이다.

불쾌한 일도 마지막 1분이 되면 반드시 웃음거리로 만들 수 있을 것이다.

불쾌한 일에 관여된 사람은 이미 죽었을지도 모르고, 아직 살아 있다 해도 언젠가는 죽을 것이 확실하기 때문이다.

이렇게 웃긴 일이 있을까?

있을 리가 없다.

10퍼센트의 작은 행복이 머릿속을 스치면 그것은 그것대로 행운이다.

왜냐하면 그것은 당신이 진심으로 행복하게 느낀 것이니까, 있는 그대로 몸을 맡기면 되기 때문이다.

나는 나의 마지막 1분의 서두는 이렇게 정해 놓았다.

"어쨌든 많은 일이 있었다."

어쨌든 많은 일이 있었다.
그래도 어쩌고저쩌고 말해서 즐거웠다.

Part 7

1초 후, 인생이 끝난다면

61

지구의 역사를 24시간에 비유하면,
예수의 탄생으로부터 현재까지 1초도 되지 않는다

지구의 역사를 24시간에 비유하면 인류의 역사는 1분도 되지 않는다는 말은 이미 했다.

그리고 예수의 탄생으로부터 현재까지의 약 2000년은 1초도 되지 않는다(엄밀하게는 0.04초조차 되지 않는다).

마찬가지로 인간의 일생을 약 80년으로 하고 일단 계산해보면 0.001초와 조금 더 된다.

정말이지 전광석화와 같이 우리의 인생은 끝난다.

아무리 대성통곡해도 전광석화.

아무리 박장대소해도 전광석화.

아무리 나쁜 짓을 해도 전광석화.

아무리 위대한 업적을 달성해도 전광석화.

여기에 의론의 여지는 없다.

지구는 언젠가 멸망한다.

태양은 언젠가 소멸한다.

은하계는 언젠가 사라진다.

우주는 언젠가 멸망한다.

그렇다면 당신도 나도 그도 언젠가 죽는다.

62

죽는다는 것은 잔다는 것이다

노년의학을 전문으로 다뤄온 임상의들의 의견을 집약하면 이렇다.

"죽는다는 것은 잔다는 것이다."

픽션에서는 종종 죽을 때 괴로워하는 모습을 볼 수 있는 경우도 많은데 실제로는 다른 듯하다.
사람은 누구나 편안하게 자듯이 죽는다.
설령 피를 토하고 몸이 격렬하게 요동쳤다 해도 죽는 찰나엔 이미 고통을 느끼지 않는다는 것이다.

몸이 통증을 느낀다는 것은 아직 살 가망이 있다는 증거다.
그래서 몸은 "뭐든 해봐!" "뭐라도 해야 한다고!"라고 기를 쓰고 심한 통증을 일으켜서 신호를 보내는 것이다.

몸이 죽는 단계로 들어가면 더는 통증이 없고, 그다음은 쾌적하게 잘 뿐이다.

다음은 나의 픽션이다.

그냥 편안한 마음으로 읽어보시길.

죽는 찰나가 이렇게 기분 좋다니.

지금까지 숱하게 숙면하곤 했건만, 이런 쾌감을 맛본 적은 없었어.

이제, 아무 미련이 없다.

63

＋

살아 있는 한 죽음은 존재하지 않고,
죽으면 더는 아무것도 없으니 걱정할 필요 없다

내가 좋아하는 철학자 중 한 명이 에피쿠로스이다.

고대 그리스에서 소크라테스의 제자가 플라톤, 플라톤의 제자가 아리스토텔레스라는 이야기는 유명한데, 그 아리스토텔레스의 다음 세대에 활동한 인물이다.

쾌락주의로 유명한 그는 결코 사치스러운 생활을 권장하지 않았다.

당시 유행하던 과도한 금욕을 통해 진리를 추구하려는 사상에 이의를 제기하고, 현대와 같이 건강하고 문화적인 최저한도의 생활 확보를 제창했던 것이다.

그는 인류나 생명을 진심으로 사랑한 철학자였다.

그 때문에 많은 사람에게 사랑을 받았고, 논적論敵조차 감쌌다는 기록이 남아 있다.

내가 그를 좋아하는 이유는 그뿐만이 아니다.

그가 죽음에 대해 이렇게 말한 것에 매료되었던 것이다.

"사람이 살아 있는 한 죽음은 존재하지 않는다. 죽으면 더는 사람으로서 이 세상에 존재하지 않는다. 즉, 죽든 살아 있든 죽음은 우리와 아무 관계가 없다. 걱정할 필요 없다."

그는 '생각해도 어쩔 수 없는 것은 생각하지 않는다.'고 가르쳐주고 있는 것이다.

사람은 생각해도 어쩔 수 없는 것을 생각해서 불안이나 고민이 생긴다.

그렇다면 그 근원을 잘라내면 된다.

이것은 하이데거의 '죽음을 받아들이고 나서 인생이 시작된다.'는 철학과 모순되지 않는다.

생각해도 어쩔 수 없는 것은 생각하지 않기 때문에 죽음을 받아들일 수 있는 것이니까.

64

✦

니체의 ‘영겁회귀’라는 픽션은 장대하고 로맨틱하다

영겁회귀란 같은 것의 반복을 말한다.

니체는 앞으로 영원히 오로지 같은 일이 반복되는 것이 인생이라고 주장했다.

그 자신은 이 영겁회귀를 편의상 픽션이라고 단정하고, 초인사상을 위한 수단으로 활용했다.

니체는 '초인이란 이렇다.'라고 구체적으로 정의하지는 않았지만, '아무리 허무해도 꺾이지 않고 사는 사람'쯤 될 것이다.

그는 인생은 허무하다고도 말했다.

왜 인생은 허무할까?

그건 이 우주 자체가 영겁회귀, 즉 같은 일의 반복이기 때문이다.

결국 이 세상의 삼라만상은 모두 입자로 이루어져 있다.

당신도 나도 그도, 애완견이나 야생의 사자도, 백두산이나 태평양도, 지구나 달도, 그리고 밤하늘에 무수히 반짝이는 모든 항성도, 결국엔 입자의 조합에 지나지 않는다.

그 입자가 충돌하고 만나고 달라붙으면서 삼라만상은 창조된다.

우주에 산재하는 입자의 배열이 완벽하게 일치하는 순간이 앞으로 몇조 년 후일지, 몇경 년 후일지, 또 그 몇조승이나 몇경승이 될지는 모르지만 반드시 찾아올 것이다.

우주도 지구도 인류도 계속해서 재현된다는 장대하고도 로맨틱한 픽션이다.

당신의 뇌 시냅스가 같은 상태가 되었을 때 다시 이 글을 읽고 있을 것이다.

65

신란의 '타력본원'은 구제된다

타력본원을 잘못 사용하고 있는 사람이 많다.

지금까지 내가 만나온 사람들의 80퍼센트 이상이 이렇게 해석하고 있었다.

"자신은 아무것도 하지 않고 타인에게만 의지하는 것."

어쩌면 앞으로 몇 년 후에는 다수결로 이것이 정답이 될지도 모른다.

정토진종의 창시자인 신란親鸞이 말한 타력본원의 본래 의미는 이렇다.

"세상에는 아무리 노력해도, 수행해도, 절대 바뀌지 않는 악인이 있다. 가족을 위해 도둑질해야 하는 경우도 있고, 죽이지 않으면 자신이 죽게 되는 경우도 있다. 그런 어쩔 수 없는 사정으로 악인이라 불리는 사람들은 어떻게 하면 구제될까? 그저 나무아미타불이라고 염불을 외면 된다. 나무란 귀의하는 것. 즉, 자력으로는 한계가 있으므로 부처님에게 맡긴다는 것이다. 자력으로 뭐든지 할 수 있다고 생각하는 오만한 선인들보다도, 자신의 한계를 인정하고 머리를 숙이는 겸허한 악인이 두말할 필요도 없이 극락정토에 갈 수 있다."

어떤가.

당신은 잘 살았다.

이제, 있는 그대로 몸을 바치고 자연의 섭리에 맡기면 된다.

66

✦

칸트의 마지막 말은 "맛있다!"였다

데카르트와 어깨를 나란히 하는 천재 철학자가 바로 칸트다.

주로 18세기에 독일에서 활동한 세기의 천재라 불린 인물이다.

평생 독신으로 살면서 철저히 규칙적인 생활을 하던 것으로도 유명한데, 이웃 사람들은 그가 산책하는 모습을 보고 시계의 시간을 맞췄다고 한다.

칸트가 모습을 보이지 않는 날에는 이웃 사람들이 "선생님께 무슨 일이 있는 거 아냐?"라고 걱정했을 정도다.

어느 날 교육학계의 명저로 꼽히는 루소의 《에밀》을 정신없이 읽다가 산책 시간을 놓쳤다는 일화도 있다.

그의 위업은 인류의 이성과 지성의 한계를 다시 규정지었다는 것이다.

"인류는 무엇을 알 수 있는가?"

"인류는 무엇을 해야 하는가?"

"인류는 무엇을 바라도 되는가?"

이 세 가지를 철저하게 음미한 3대 비판서는 입문서나 만화로 된 것도 좋으니까 일독을 권한다.

그는 자신에게 엄격하기도 했고, 규율을 철저하게 따르며 살았지만, 동시에 사랑스러운 사람이기도 했다.

《영원한 평화를 위해》라는 훗날 국제연맹의 본보기가 되는 저서도 남겼다.

그런 지知의 거인이었던 칸트도 말년엔 중증 인지증에 시달렸다.

이성에 대해 평생을 생각하던 그가 이성을 잃었으니 참 얄궂은 일이다.

그의 마지막 말 'Es ist gut'는 '모든 게 좋다.'로 번역되는 경우가 많다.

마지막에 물로 희석한 와인을 입에 머금었다는 그는 실은 "맛있다!"고 말했을 것이다.

67

마리 앙투아네트의 마지막 말은
"미안해요, 고의가 아니었어요."였다

지금도 프랑스에서는 악녀로 취급받는 마리 앙투아네트이지만 나는 그녀가 좋다.

이유는 그녀가 마지막까지 귀족이었기 때문이다.

그녀가 처형되는 모습을 직접 보려고 실실 웃으면서 모여든 구경꾼들은 추했지만, 그녀의 죽는 모습은 아름다웠다.

어쨌든 아름다웠다.

여러 설이 있지만 내가 대학 시절에 일반교양 수업 시간에 들은 이야기에 따르면 루소의 《참회록》에 "빵이 없으면 케이크를 먹으면 되지."와 같은 뉘앙스의 표현이 쓰여 있는데, 그것이 마치 마리 앙투아네트의 말처럼 날조된 것이다.

프랑스 혁명 때 대중을 선동하기 위한 수단으로서.

그녀의 마지막 말이라고 알려진 것은 "미안해요, 고의가 아니었어요."이다.

막 단두대로 향하려던 바로 그때, 그녀는 사형집행인 중 한 명의 발을 밟고 말았다.

그때, 그녀의 입에서 즉각 튀어나온 말이다.

이것은 거짓으로 가장하려 해도 가장할 수 있는 상황이 아닐 것이다.

이 모습에서 나는 선악을 초월하여 그녀가 아름답다고 생각했을 뿐이다.

68

괴테의 마지막 말은
"창문을 조금 열어 빛이 들어오게 해주지 않겠나?"였다

손녀뻘 되는 젊은 여성에게 실연을 당하는 등 화려한 여성 편력을 자랑하는 괴테였지만, 그가 남긴 업적을 생각하면 그 또한 이해할 수 있을 것 같다.

  그의 팬이었던 나폴레옹은 전장까지 《젊은 베르테르의 슬픔》을 가지고 갔다고 한다.

  괴테는 문호로 유명하지만 실은 법률가이기도 하고, 정치가이기도 했다.

  바이마르 공국의 재상을 지낼 정도로 사회적 지위도 높았다.

  또 자연과학자로서도 뉴턴의 학설에 이론을 제기할 정도였다.

  그런 재기가 넘치는 괴테에게 나폴레옹이 매료되는 것도 이해가 된다.

  아무리 천재라도 수명에는 이길 수 없다.

  그것이 자연의 섭리이고, 거역할 수도 없다.

혼자서 몇 사람분의 재능을 받은 괴테는 82세로 천수를 다할 때까지 약 9년간, 제자인 에커만에게 모든 지혜를 쏟아 우리 인류에게 위대한 예지를 남겼다.

빛의 연구에도 몰두했던 그의 입에서 자연스럽게 나왔다고 여겨지는 마지막 말은 "창문을 조금 열어 빛이 들어오게 해주지 않겠나?"였다고 한다.

역시 순수한 문호였다.

그렇게 말하면 "이 세상은 사랑과 빛으로 이루어져 있다."가 입버릇이었던 대부호도 있었지만.

괴테야말로 사랑과 빛으로 산 인물이었다.

69

가장 사랑하는 사람을 떠올린다

20세기를 대표하는 철학자였던 하이데거에게는 애인이 있었다.

17세 연하의 한나 아렌트다.

사랑이 시작되었을 때 하이데거는 대학교수, 아렌트는 학생이었다.

하이데거는 아렌트 외에도 애인이 있었으니 인기가 많았던 모양이다.

그 이유 중 하나로 그의 강렬한 카리스마가 있었다.

눌변이었던 스승 후설과 달리 수다스러웠던 하이데거는 신들린 강의로 청자들의 마음을 사로잡았다고 한다.

그중에는 그의 수수께끼 같은 독특한 화술 때문에 정신병이 생겨서 자살한 여학생도 있었다.

그런 그에게 홀딱 반한 것이 한나 아렌트였다.

오해가 없길 바라는데 매력적이었던 그녀는 성적 대상으로 농락당할 만한 여성은 아니었다.

학자로서도 초일류 업적을 남겼고, 《전체주의의 기원》과 《인간의 조건》은 유명하고, 《예루살렘의 아이히만—악의 평범성에 대한 보고서》라는 방청 기록은 지금까지도 인류의 역사에 영향을 주고 있다.

이것만으로도 나는 하이데거보다 그녀가 더 우수했다고 내심 생각할 정도다.

총명한 그녀는 하이데거보다 반년쯤 먼저 세상을 떠났고, 죽는 순간 그를 떠올렸음이 틀림없다.

70

결국, 탄생과 죽음은 같다

결과적으로 사는 것과 죽는 것은 같다고 생각한다.

산다는 것은 죽는 것이고, 죽는다는 것은 산다는 것이다.

설령 개인차는 있겠지만, 생명이 깃들기 시작해서 이 세상에 "응애~" 하고 태어날 때까지 '열 달 열흘'이 걸린다고 한다.

그와 동시기에 세상의 어딘가에서 누군가가 죽고, 누군가가 잊힌다.

사람이 죽고 나서 '그 사람은 이제 죽었어.'라고 지인들에게 인지될 때까지 걸리는 시간이 정확히 '열 달 열흘'인 것이다.

누군가가 열 달 열흘 만에 태어나고 누군가가 열 달 열흘 만에 죽는다.

이 반복으로 인류는 성립되고 있다.

지금까지 이 책을 읽은 당신이라면 이해할 수 있지 싶은데, 죽는다는 것은 '다음 생명에 길을 양보하라.'라는 자연의 섭리이다.

기를 쓰고 버티면 다음 생명이 정체되어 순환하지 않게 된다.

의식하든 의식하지 않든 당신도 누군가의 죽음 덕분에 지금 이 순간까지 살아왔다.

소나 돼지나 물고기도, 쌀이나 보리나 콩도, 계속해서 당신에게 목숨을 바쳤던 것이다.

잘 살았다면, 잘 죽는 것은 어떨까?

잘 살고,

잘 죽자.

생각보다 인생은 짧다

1판 1쇄 인쇄 2023년 11월 15일
1판 1쇄 발행 2023년 11월 20일

지은이   센다 다쿠야
옮긴이   김대환
펴낸이   김대환
펴낸곳   도서출판 잇북

디자인   d.purple

주소   (10908) 경기도 파주시 소리천로 39, 파크뷰테라스 1325호
전화   031)948-4284
팩스   031)624-8875
이메일   itbook1@gmail.com
블로그   http://blog.naver.com/ousama99
등록   2008. 2. 26 제406-2008-000012호

ISBN 979-11-85370-73-6 00830

＊값은 뒤표지에 있습니다. 잘못 만든 책은 교환해드립니다.